美少女教授桐島統子の事件研究錄

喜 多 喜 久
K i t a Y o s h i h i s a
楊士堤 譯

人間模樣 031

美少女教授・桐島統子的事件研究錄

作　者　喜多喜久
譯　者　楊士堤

總編輯　張瑩瑩
主　編　簡欣彥
校　對　BowWu
行銷企劃　黃怡婷
美術設計　Jude
版面構成　綠貝殼資訊有限公司

社　長　郭重興
發行人兼出版總監　曾大福
印務主任　黃禮賢
出　版　野人文化股份有限公司
電子信箱：yeren@yeren.com.tw
發　行　遠足文化事業股份有限公司
地址：231新北市新店區民權路108-2號9樓
電話：（02）2218-1417　傳真：（02）8667-1065
電子信箱：service@bookrep.com.tw
郵撥帳號：19504465 遠足文化事業股份有限公司
客服專線：0800-221-029
法律顧問　華洋法律事務所 蘇文生律師
印　製　成陽印刷股份有限公司
初版首刷　2015年1月

歡迎團體訂，另有優惠，請洽業務部（02）22181417分機1120、1123

國家圖書館出版品預行編目(CIP)資料

美少女教授・桐島統子的事件研究錄／喜多喜久著；楊士堤譯. -- 初版. -- 新北市：野人文化出版：遠足文化發行, 2015.01

面；　公分. --（人間模樣；31）

ISBN 978-986-384-020-6（平裝）

861.57　　103022270

序幕

這個世上有兩種人：了解科學的人和不了解科學的人。

這些話是我從我的高中數學老師那裡聽來的，而他生平最驕傲的事就是身為一個理工人。

或許人類的區別沒有那麼極端，但這個社會很看重理工與文組的不同卻也是一件眾所皆知的事實。你在高中選組的同時，也等於在決定自己將來打算從事什麼樣的工作，因此這時的決定絕對稱得上是人生中最重要的一次決定。

高二選組時，我毫不猶豫選擇了理工科。

我選擇理工的原因不是因為我的數學很好，也不是我家附近剛好有工科大學，更不是為了方便找工作等現實考量，而是因為我對一個人的崇拜。

那個人名叫桐島統子。

桐島教授不只在日本科學界享有盛名，她在端粒研究領域更是全世界的首席科學家。由於真核生物染色體末端的端粒扮演著保護染色體的關鍵角色，因此她的研究成果在二〇〇九年獲得了諾貝爾生理醫學獎的肯定。

桐島教授是日本女性獲得諾貝爾獎的第一人，她在日本科學史，甚至是整個日本歷史上都是非常偉大的人物。幾十年後，日本再次發行新鈔時也許會選她做為五千元鈔票上的人像。無論如何，我個人真的很希望她被選上。

八年前，我在桐島教授還沒有成名時曾經見過她。當時，她是以來賓身份應邀參加我就讀的那所小學的科學研習營。

她先向我們展示了一些可以吸引學生目光的實驗，包括讓液體在化學反應下產生顏色變化，以及用液態氮冰凍玫瑰後，才站到講台上開始她的演說。

雖然她當時已經八十歲了，但我們這些小學生還是可以清楚感受到她渾身洋溢著旺盛的活力。她頂著一頭蓬亂的銀髮，穿著一件皺巴巴的白色衣服，外表看來實在不怎麼起眼。但她把自己的人生完全投注在研究上的壯舉，卻讓人不由得肅然起敬。

可惜的是，我當時根本聽不懂她的演講。不過，我想部分原因應該是演講的內容太過專業，因為就連那些旁聽的老師們也都不時露出一臉疑惑的神情。

儘管如此，教授的演講還是讓我感受到從不曾有過的興奮心情。

我開始憧憬那種既深奧又會帶給人類重大影響的工作，而我對知識的強烈好奇也是從此刻開始萌芽。

演講結束後，我拜託班導師帶我去見桐島教授。我們走進校長室時，桐島教授正獨自喝著茶。

當我看見剛才還站在講台上演講的桐島教授，如今就坐在我面前時，竟一時間興奮到忘了該有的禮貌。我沒有向她問好，一開口就問：「我要怎樣才可以變得像教授一樣？」

雖然我當時還是個小孩子，但不管怎麼說我的表現還是很沒禮貌。不過，桐島教授的臉上不只沒有任何不高興的表情，還熱心地建議我：「首先，你得對科學有興趣。」我聽完後，便大聲地回答：「好！」

這一刻的感動成了決定我未來人生的原動力。

我在懷抱著對於科學的熱情下成長，並在高中時選擇就讀理工科。由於家庭的因素，考上國立大學成了我唯一的選擇。或許是因為沉重的壓力，我從不曾生病也始終把所有心力全放在讀書上。

高中三年一轉眼就過去了，我也順利考上第一志願的東京科學大學，獨自前往東京展開學生生活。

四月的第一個星期六，東科大在學校的禮堂舉行了開學典禮。

白色禮堂外圍環繞著許多巨大的石柱，它的外形很容易讓人聯想到巴特農神殿。禮堂內已經坐了五百名左右的新生，這些人就是我未來將會一起共渡四年大學生活，甚至再加上二年研究所生活的同學。

下午一點，新生的家長們全坐進位於會場後方的座位後，隆重的開學典禮便就此展開。

典禮儀式和我以前經驗過的開學典禮沒什麼兩樣，只不過校長訓示的時間異常的長。等到校長演講完後，我驚訝地發現他演講的時間竟然長達一個多小時。

雖然我不記得校長演講的全部內容，但卻清楚記得他多次提到「科學家應該要負起打造世界的責任」。當時心想，這所大學真不愧是一所取名為「科學大學」的學校。

大學生活相對於高中生活是一種全新的世界，它也被戲稱為是一段延緩履行人生義務的時期。

我心想，大學裡一定有許多人正醉心於探索深奧的學術世界。在這種全然自由的氛圍下，學生們想必都在為了尋找自己的人生目標，而經歷歡笑、苦惱、流淚和喜悅的過程吧！

我原以為自己會在這種自由的環境下，慢慢思考否要成為一名研究人員。

怎麼也想不到，我的大學生活竟突然有了意外的轉變。

這就如同成語裡的晴天霹靂，因為發生在我身上的事感覺起來真的就像是晴天裡突然打了一聲響雷。

不過無論如何，我始終相信自己一定會再見到桐島教授。

第一章

And God saw the earth, and, behold, it was corrupt;
for all flesh had corrupted their way upon the earth.

上帝看見人類已經是徹底的敗壞，
到處顯出他們的惡德惡行。

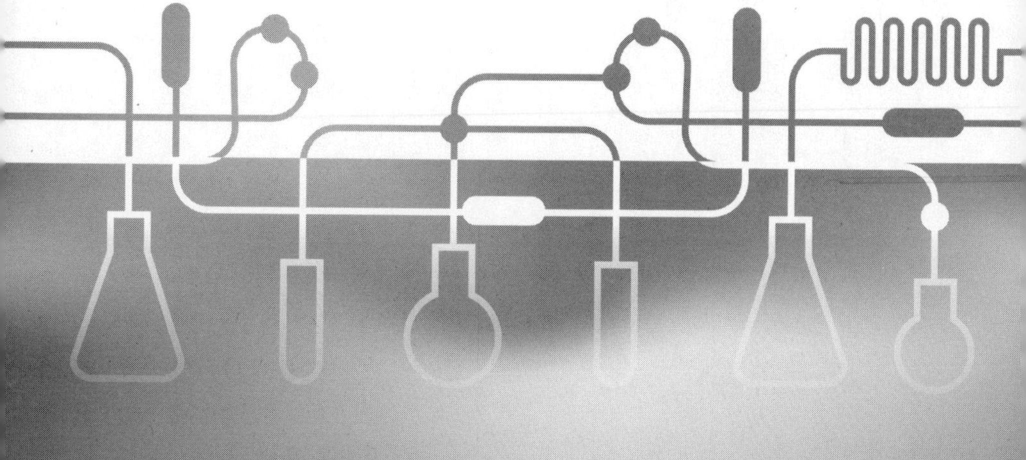

1 四月九日（星期一）

四月的第二個星期一，我的大學生活就此展開。第一堂課，便是前往禮堂參加新生講習。

講習的內容包括學分制介紹、課程內容講解、大學生活的注意事項、學校設施的說明……。中午，漫長的新生講習終於結束。我從座位上起身準備走向學校的餐廳時，有人拍了我的肩膀：「拓也！」

我轉頭後，發現我的高中好友山田久馬正微笑著看著我。我笑了一下，並說：「原來你坐在我後面。」

久馬和我都是東科大的新生。

「嗯，要不要一起去食堂吃飯？」

「好啊！」

「那我們快走吧！」

久馬拉著我快步走出禮堂，前往位於校區中央的食堂。由於距離不遠，我們不到一分鐘就來到了食堂。

學校的食堂是一棟乳黃色正方體建築物，它的外觀看來就像是一塊平整的乳酪。三層樓的建物裡，一樓是定食區，二樓是提供麵類和咖哩的單點區，三樓則是一些小吃店。因為三樓不只有小吃店，還有一大塊休息區，就成了學生們打發時間的場所。

我跟著久馬穿過食堂的自動門後，發覺裡頭的空間寬敞得有如體育館，而且每個角落都做了徹底的打掃，給人很乾淨的印象。

整所學校的學生和教職員合計約三千人，但不是所有人都會在這個時間來到食堂吃飯。因此雖然已經有人在排隊結帳，不過看來只要花個五分鐘應該就可以結完帳。由於我們是第一次來到食堂用餐，於是決定先嚐試每日都會更換菜色的定食。我們把餐券交給服務人員後，便開始把各種料理放到餐盤裡，其中包括了主食的可樂餅、一碗滿滿的白飯、一碗味噌湯和一碗蘿蔔絲。定食只要三百日元，價格還蠻划算的。

我們為了尋找空位而花了點時間，最後找到了一處位在窗邊的座位。

「新生講習的時間真長！」

「是啊！想不到竟然得要在那裡坐兩小時。」

「你已經決定好要選擇哪些專業課程了嗎？」

「還沒。」

我對著久馬搖搖頭，並拿起伍斯特醬緩緩地淋在可樂餅上。

東科大的課程分為必修的基礎科目和自由選修的專業科目。

如同字面上的意思，基礎科目指的是學習科學者的基礎課程，這通常是依照學生所屬的學院來決定。以我所屬的理學院來說，我的基礎科目包括了數學、物理、化學、生物和外語等等。

專業科目則是為了加深對科學的理解和興趣，這裡頭包括了各種科學領域的五十幾種課程。學生們可以從這些課程裡選擇自己喜歡的課程，或者是選擇比較容易取得學分的課程，但無論如何所有人都得在這星期內依據校方公布的教學大綱提出選課表。

「一時間還真難決定要選哪些課！」

「沒錯！」我點頭同意。

學院沒有限制學生必須選修哪些專業課程，因此學生們可以選擇一些跟自己專業領域完全無關的課程，包括都市工學理論、食品科學概論和宇宙體系開發論等。但由於可以選擇的課程很多，反而需要花比較多的時間思考。

「不過，我想盡量在這一年裡多修一些學分，所以我應該會盡可能地把課程表排滿。」

「哇，你真是認真！」

「是嗎？我倒不覺得。」我把一小塊被伍斯特醬染成黑色的可樂餅夾進嘴裡。「對了，下午有班會，你被分在哪一班？」

「三班，你呢？」

「我是二班，想不到我們不同班。」

最初，我還真沒想到上了大學以後還有班級制度。以英語和第二外國語的課程來說，上課的方式是以三十人組成的班級來上課。因此，當我們談到「你被分在哪一班」時，我突然有種回到高中時代的錯覺。

「我想開班會時難免要自我介紹吧！」久馬的臉垮了下來。

「一定會吧。不過，這也不錯啊。你的名字很有特色，很容易讓人記住你。」

「我可沒想過要別人記得我。大家慢慢認識反而比較好……我不想太引人注目。」

久馬說完後，表情開始憂鬱了起來。

不過，我相信即使他叫「佐藤太郎」這種菜市場名，他也一定會引起所有人的注意。

我一邊喝著味噌湯，一邊偷偷地觀察久馬的臉孔時，腦中頓時浮現一個形容詞：「精悍」。久馬雖然是個純正的日本人，但他那有如希臘雕像般的深邃輪廓卻讓他看起來有點像個西方人。按照現在的說法，別人一定會說他是個「型男」。不過，比起這種流行用語，我倒覺得傳統說法裡的「俊俏」比較適合他。

久馬注意到我在偷瞄他後，停下手上的筷子。

「你有打算參加社團嗎？」

「嗯──我有想過。不過，我得先找到打工。」

「喔！」久馬表情變得不太自然。我想，他大概曉得我家的狀況吧。

父親在我上中學以前就去世了，從那時起母親便獨自撐起家中的經濟。我決定要考大學後，母親時常告訴我：「你不用擔心錢的事。」母親不是個會抱怨的人，但我也不會笨到把她的話當真。儘管她會給我一些經濟上的資助，我還是得想辦法打工減輕她的負擔。因此，我得等大學生活比較穩定以後，才會考慮要不要參加社團。

或許是因為談到錢的關係，氣氛因此變得有點沉重。「你呢？」我刻意以開朗的口吻問。「你找到自己的興趣了嗎？」

「我的確對某件事很有興趣，」久馬一臉正經地說。「而且我打算找時間去看看。」

「聽起來好像很有趣，到底是什麼社團？」

「等我加入以後再告訴你，因為我目前還不確定自己喜不喜歡。」

「你這麼說反而讓我更好奇了。」

「你有興趣加入嗎？」

「這個嘛……我覺得我們有興趣的東西好像不太一樣。」

「那等我加入後，再告訴你吧！」

「你先說嘛！」

我很想知道那到底是什麼社團，因此拜託久馬多透露一點。「不行，現在還不是時候。」這之後，久馬就沒有再談起社團的事了。

午餐後，我們兩人利用午休時間在校園裡散步。

持續了好一陣子的寒冷天氣，到了今天終於開始變得暖和，我的心情也因此感到莫名的輕鬆愉快。

我和久馬走出食堂後往西走到合作社，接著再左轉來到大學正門前的廣場後，看到那對外形有如火炬般的門柱，以及一群在其間穿梭的學生。

「咦，你看那邊！」

廣場左邊角落的佈告欄前，站著一個我們兩人都很熟悉的背影。

我們走向那人，我朝著那個穿著格子襯衫的男學生喊：「哈囉！」他轉過頭來看了我們一眼。「咦，芝村？山田？」

飯倉祐介有著高挺的鼻梁、柔和的眼神、戴著一副銀色邊框眼鏡。他纖細的體型總會讓我聯想到楊柳，他也始終帶給人安靜的感覺。

「好久不見，我們上次碰面應該是在入學考的考場吧。」久馬說。

「是啊。」飯倉點了點頭。

雖然我們三人就讀同一所高中，但因為不同班所以不太有說話的機會。不過，我曾經聽升學輔導老師提起，飯倉也和我們一樣考上了東科大。

我把視線轉向綠色佈告欄後，透過玻璃看見上頭貼有校方的公告以及社團的海報。

「這上頭有什麼重要的公告嗎？」

「我看到一件很有趣的事……至於重不重要我就不曉得了。」

飯倉說完後，指著一張海報。海報中間用拳頭大小的字體寫著：「小心吸血鬼！」而這張海報看來似乎出自大學的自治會。

「啊——這是什麼東西？」

我靠近那篇有著聳動標題的海報，繼續閱讀底下的文章。

「我看到了！吸血鬼在校園中四處橫行！」由於文章內充斥著這類倒置語句，閱讀起來有點辛苦。總而言之，海報的內容就是在描述「每到深夜，校園裡就會出現一個來路不明的怪人」文章下方還畫了一個穿著燕尾服，戴著大禮帽的人物，只是那個人物的畫法看來就像是漫畫《怪物小王子》[1]裡的吸血鬼，根本無法讓人感受到文章想要傳達的可怕氣氛。

「這哪是什麼吸血鬼？」我側著頭說。「這只能算是個可疑份子吧。」

「不過，聽說那個人看起來的確很像吸血鬼。」飯倉一臉認真的表情彷彿他曾親眼目睹一般。「我有個叔叔在東科大工作，他就曾經聽學生們提起過這件事。」

「看起來很像吸血鬼是什麼意思？該不會是指他的穿著很像海報上的人吧？」

①《怪物小王子》是藤子不二雄A的日本少年漫畫作品。藤子不二雄A的本名是安孫子素雄。曾與藤本弘（藤子・F・不二雄）長期共用藤子不二雄這一筆名發表作品。《怪物小王子》裡的德古拉伯爵是個不吸血而只愛喝蕃茄汁的吸血鬼。

「這我就不清楚了。」飯倉舉起雙手做出投降的手勢。
「再怎麼說，這種人物畫法看起來也不像是警告吧！」
久馬一臉無奈地伸手敲了敲玻璃。
「別太認真就好！」我安慰久馬。「大學生不就是這樣，總會做一些很奇怪的事。」
「這張海報雖然看來很像在開玩笑，不過校園裡出現了可疑人物的事應該是真的。」飯倉一臉憂心地小聲說。「雖然海報上沒有寫得很具體，不過小心一點總是好事。」
「說的也是。無論如何，這張海報的目的應該是想提醒我們校園裡有危險人物出沒這件事。」
久馬下了結論後，說：「好了，繼續我們的探險吧！」接著便轉身離開。
我邀請飯倉和我們一起散步後，他點頭說：「那，我跟你們一起去走走好了。」
臨走時，我發現飯倉仍然不時回頭看向佈告欄，笑著說：「你幹嘛那麼緊張！」
「沒辦法，我膽子小。」飯倉笑了笑後，快步跑到我的前頭。

2

四月九日（星期一）

由於是開學第一天，開完班會後就沒有其他的課程了。

同學們邀我一起去參觀社團，但我婉拒了他們的邀請，因為我打算前往行政大樓的總務課，察看佈告欄上是否有張貼打工的情報。

東科大的校區呈現東西向的橢圓形，長軸上有一條貫穿校區的筆直道路。因為理學院和工學院的大樓分別位於這條道路的兩旁，這條路便被命名為理工大道。

舉行班會的理學院三號大樓位於校區中央偏東的位置。我走出三號大樓的玄關後，便沿著理工大道往西走。

校園內充滿了柔和的春風與溫暖的陽光，我沒有花粉症，因此可以盡情享受這新鮮的空氣。風一吹，理工大道兩旁的櫻花樹花瓣便會開始隨風飄舞，眼前的世界也彷彿變成了一片壯麗的粉紅色花海。

正當我陶醉在這春天的美麗風景時，牛仔褲口袋裡的手機突然震了起來。這支手機是我在考上大學以後才以零月租費的方案購買的，如今手機銀幕上正浮現出一個陌生的電話號碼。

我幾乎不曾把電話告訴別人，因此我滿心疑惑地接起手機。

「喂。」

「你好，請問你是芝村拓也嗎？」電話那頭的男人以清晰的語調問。

「是的。」我懷抱著警戒小心對應。

「我這裡是東京科學大學醫學院。我們想請你過來醫院，直接向你說明你的檢查結果。」

我隨口答應對方前往醫院，畢竟我確實曾在開學典禮前在那裡接受了新生健康檢查。當天的檢查比高中時的檢查多了許多項目，其中包括了血壓、心電圖、尿液、聽力、視力等。

「時間上方便的話，是否可以請你現在就過來東科大附屬醫院一樓的大廳？」

「好，我現在就過去。」

「那我在醫院等你。」

男人說完後掛斷了電話。

我站在馬路中央想著，這到底是怎麼一回事。

醫院的緊急通知這種事，無論如何總會給人不好的聯想，因此我心底的不安有如原本埋伏在打地鼠機檯面下的地鼠般不斷湧現。

我心想，看來只能先去醫院一趟了。我繼續沿著理工大道往西走，但原本的愉快心情已經完全消失。

過了一會兒，大學醫院的咖啡色大樓出現在我的左手邊。醫院面對理工大道的這一面，有著簡潔平整的外牆以及一長排窗戶。

隨著我逐漸走近醫院，我開始有一種醫院正向我逼近的錯覺，並且不由得想要拔腿往回跑。不過，既然已經答應對方前往，實在沒有道理在這個時候夾著尾巴逃跑，況且我自己也很想知道檢查的結果。

我不想去觀看醫院的建築，因此開始低頭走入正門口的人群，並穿過嶄新而美觀的玄關。

我看見洋溢在寬敞大廳裡的柔和白色光線時，心想如果大廳裡再擺上幾組沙發，看起來一定很像一間高級旅館，更何況這裡的接待櫃檯和旅館的櫃檯看來也沒什麼兩樣。

我站在大廳四處環視時，聽見後方有人對著我說：「你好！」

我轉過身後，看見一個戴著圓形太陽眼鏡，身穿黑色西裝的男人正對著我微笑。他的身材高挑，看來似乎超過一百八十公分。不過，他的體型雖然高大，卻有著一張很親切的臉孔。

「剛才是你打電話通知我……」

「是的。我是醫學院的工作人員，請多多指教。」

我忐忑不安地接下對方遞過來的名片後，發現上頭寫著：

「正十字偵探事務所 代表 黑須征十郎」

「這上頭寫的是……偵探？」

「沒錯。不過，你別誤會了。我不是那種擅長解決殺人事件，或者是密室推理的名偵探。我的頭腦不好，所以我只會從事一些到處挖人秘密，或者是拿著反竊聽器偵測不明電波的工作。而且很遺憾的是，我的事務所目前正處於休業的狀態。」黑須連珠炮似地說完後，指著醫院的玄關。「來吧，我先帶你參觀醫院。」

他說完後便轉身快步走去。雖然我心裡仍在疑惑地想著偵探和醫院有什麼關係，但還是不由自主地跟在他後頭。

他頭也不回地走出玄關後，沿著醫院外圍走向醫院的後方。我一路跟在他後頭時，發覺這個人的腳程真快。

「請問，我們要走去哪兒？」

「怎麼，你擔心我會綁架你嗎？別怕，我們很快就到了。你看，就在前面。」

黑須微笑地站在一個轉角處對著我招手。我不安地走到轉角後，發覺另一頭有一片看來像是醫院員工專用的停車場，只不過停車場裡空無一人。我心想，那些進口車應該是醫生的車，小車則是護理師的吧。

黑須穿越停車場後，走向角落裡的一棟混凝土平房。

那棟平房的大門漆成和外牆一樣的灰色。黑須走到門口後，再次朝著我招手。

「你別那麼緊張，到目前為止不是都沒事嗎？」

我心想，到目前為止？那接下來呢？我微微皺起眉頭後，跟著黑須走進小屋。房間裡只有四處堆放的紙箱，水泥地板甚至沒有經過拋光處理，因此整個房間給人非常簡陋的感覺。

「你大概正納悶這裡怎麼會這麼簡陋吧？那是因為這只是一間倉庫。」

黑須聳聳肩後，走向位於房間後方一道塗上白漆的房門。這時，我看見那道房門上掛著一塊有著血紅色警示標語的板子：「**嚴禁外人進入**」

黑須走到門前，並從胸前口袋掏出一張紅色卡片。

「接下來就需要這個東西了。」

他把卡片貼近門邊的讀卡機時，門鎖隨著一下細微的電子聲響解除了。他推開那道看似很沉重的門，笑著說：「進來吧！」

我懷抱著惶恐不安的心情穿過那道門，走進一間只有三平方公尺的小房間。房門的另一側有一道看來像是電梯的紅色門，而整個房間在一盞透著綠光的螢光燈照射下，感覺有如科幻電影裡的秘密基地一般。

「接下來，我要帶你往地下走。」黑須把背靠著牆壁。「不過你得先答應我，絕對不會把這裡的事情告訴外人。」

「我可以保密，只是……」

「好，那就拜託你了。」

我正想問他為什麼需要保密時，他已經轉身走向那道電梯的操作面板。牆壁上一個往下的符號旁，有一塊從0到9的數字按鍵。黑須迅速地輸入密碼後，電梯門隨即緩緩打開。

「這裡的密碼是1924０331，而這個數字其實是某個人的生日。」

我心裡不斷想著，一九二四年三月三十一日是誰的生日？「這一天是誰的生日？」我試著問他，但他只回答：「我待會自然會告訴你。」

「進來吧！電梯的空間很小，忍耐一下。」

就像黑須所說的，電梯的空間十分狹窄。在搭載兩名大人的情況下，電梯裡只能勉強讓兩人不至於互相推擠。我站在黑須的背後聞到一股有如香醇紅茶般的氣味，可能是噴了古龍水或什麼的。

電梯門關上並開始往下垂降時，我驚訝地發現這部電梯不僅毫無裝潢，甚至連顯示樓層的面板也沒有。

我開始感到一種不曉得自己即將前往何處的恐懼，甚至想到這部電梯會不會就這麼不停地往下降。但就在我擔心自己會被嚇出一身冷汗前，電梯停了下來。

我跟著黑須走出電梯後，發覺眼前還是如同剛才一樣的小房間。空蕩蕩的房間裡，只看得見四面水泥牆、我剛才走出的電梯門以及另一道塗上白漆的房門。

「這道門是採用指紋辨識，待會你就可以登錄你的指紋。」

黑須以輕鬆的口吻說完後，把手指壓在門旁的一個小凹陷處。紅色燈光閃了一下後，立刻響起門鎖開啟的聲響。

「來吧，我讓你自己開門。」

我在黑須的勸誘下，戰戰兢兢地壓下門把。

門一打開，首先竄入我眼簾的是一塊淡藍色地毯。

我怎麼也猜想不到眼前竟然出現一幕有如尋常辦公室的景象。面積約十二坪的房間裡，左右兩邊各有一整面擺滿書籍和資料夾的書櫃。房間中央則是放著兩張對拼的辦公桌，其中一張辦公桌上擺了一台桌上型電腦，桌旁還放著一盆種了不知名植物的大陶盆。

「這裡就是我辦公的地點，不過對我來說，這個地方只是個象徵痛苦與災難的苦悶場所。」

黑須皺著眉頭說完後，走向房間角落打開一道銀色的門。那個房間裡擺著一排衣櫃，看起來似乎是一間更衣室。

「你先請！」

我答應並走進房間後，看著房裡並排擺放的四座嶄新衣櫃、左手邊一套流理台設備，以及擺放在流理台上的一瓶特大號洗手乳。

「這裡是……」

我轉頭想問黑須這個房間的用途時，房門卻突然在我眼前關了起來。我趕緊伸手抓門把，並試著打開門，但站在另一頭的黑須似乎正扭著門把不讓我打開。

「你為什麼鎖門？」

黑須隔著門說：「我只能送你到這兒。接下來，請你自己往前走。」

「可是，我根本搞不清楚這到底是怎麼一回事？」

「別擔心，你繼續往前走就會知道了！」

我心想，眼前這種情況叫我怎麼不擔心。但從門把無法開啟的情況看來，黑須似乎不打算讓我離開這裡。

「對了，我忘了告訴你。你在打開另一道門以前，最好先脫掉你身上的衣服，還有鞋子。房裡的衣櫃全是空的，所以你可以把你的東西擺在衣櫃裡。」

「可是，這太突然了吧！」

黑須的意思似乎是要我全裸，而這聽來簡直就像是走進了「規矩很多的餐廳」②。我想，就算我是個重度暴露狂，面對眼前這種情況還是會感到七上八下的吧。

「別擔心，接下來的房間裡已經替你準備好替換的衣物。由於我們這裡是一間很特殊的實驗室，在進入實驗室前得先經過淨身的過程。如果你沒有脫下衣服的話，衣服就會被淋濕喔。」

「哦，好吧……」

看來，我似乎沒有退路了。我只能選擇繼續被困在這裡或是往前走，如果想要突破現狀，就只能選擇往前走。

我在有了覺悟後，轉過身深呼吸了幾下，開始脫下身上的衣服。

我在毫無選擇的情況下光著屁股，一手掩著下體，一手打開另一側的房門。

「咦！」

② 「規矩很多的餐廳」一詞源自宮澤賢治的短篇童話《注文の多い料理店》，故事在描述兩名青年走進一間不斷指示他們脫掉身上衣物的餐廳，最後他們發現餐廳要他們脫掉衣物的原因是，餐廳打算拿他們的身體做為料理的食材。

我忍不住叫了一聲，因為我眼前出現一條長約三公尺的通道，而且牆壁、地板和天花板上都佈滿了無數的小孔。這讓我聯想起小說中那種用來擊退入侵者的古代通道，甚至開始擔心這些小孔會不會射出一堆飛針。一想到那種可怕的景象，立即嚇得全身寒毛直豎。

正當我打算快速通過時，走道的燈光突然從白色變成藍色。我縮了一下，隨即遭到來自四面八方的水柱攻擊。接下來，我只能一邊尖叫，一邊在這陣漫天溫水中拚命地保護自己的身體。

水柱攻擊持續了約三分鐘才停止，而我這時的姿勢簡直就像是波提切利③所畫的「維納斯的誕生」一般。

我心想，這下慘了，我會不會死在這裡。我用力抓抓頭後，伸手抓著走道底的門。

「咦……怎麼打不開？」

門打不開，怎麼會這樣？

我把手縮回來後，兩手環抱胸前。接著，走道上的小孔開始吹出一陣暖風。風聲雖然驚人，但溫度倒還算舒適。我心想，這或許也是黑須所說的「淨身過程」之一吧。只是這個設備雖然很壯觀，感覺起來卻像是一台滾筒式洗衣機。

頭髮吹乾後，風勢停了下來，走道的門鎖似乎也解除了。我深呼吸一下後，走出通道。

接下來的房間還是一間更衣室。雖然左右的擺設正好相反，不過裡頭的物品卻是完全相同。黑須說過這個房間裡放置了替換的衣物，因此我在半信半疑下打開角落的衣櫃。衣櫃裡不只吊掛著全新的白袍、長袖T恤和奶油色長褲，還擺放了裝有四角褲和襪子的紙袋。

我頓時感到鬆了口氣，並急忙拿起四角褲穿上，對我來說穿上四角褲就好像從原始人變成了現代人。

接著，我繼續穿上T恤和長褲，並套上白袍。衣櫃旁有座鞋櫃，我逐一打開每一面鞋櫃門後，找到一雙合腳的運動鞋。

我換好衣服後，遲遲沒有接到進一步的指示。

我心想，另一頭真的有一間很特殊的實驗室嗎？

我在心裡祈禱這是最後一道淨身程序並打開門後，一道刺眼的光線立即穿過門縫鑽進我的眼底。

門的另一側是一間有如網球場般的寬敞房間，房間的中央擺著好幾排長邊面向我的實驗台，看起來很像是一間化學實驗室。實驗台上擺著許多裝有不明液體的塑膠罐，還有一些不明用途的箱形設備，而且隱約可以看見一些看來像是街頭促銷用的彩色看板。除此之外，房間裡還有看來像是電磁爐和烤箱似的設備，不過這時的我實在沒有心情再去確認這些事。

「有人嗎？」

「有，你等我一下。」有個女性的聲音在房間的另一頭響起。

但由於我的視線被實驗設備擋住，因此無法看到她的身影。

知道這裡有人之後，我感到安心了一點。隨後，我貼近牆壁看向另一頭。

我看到那個女性的身影時瞬間楞住了，而我這時的姿勢就如同肯德基爺爺一般。

那個穿著白袍的女性，看來似乎正在做實驗。她坐在椅子上，右手拿著一支有如大型自動鉛筆的器具，左手則是抓著一管小拇指大小的容器。

她的年紀看起來和我差不多，但穿著很隨便，一頭及肩的黑髮更是蓬亂得有如從來不曾梳理一般。她身

③桑德羅・波提切利（Sandro Botticelli，1445-1550）是歐洲文藝復興早期的佛羅倫斯畫派藝術家。

上的白袍已經呈現皺巴巴的樣子，就連下半身的牛仔褲看來也是破破爛爛的。

但儘管她的穿著打扮很邋遢，卻有著十分亮麗的臉龐。

她有著清秀而細緻的柳葉眉、捲翹的眼睫毛、形狀勻稱的鼻子以及有如櫻桃般的濕潤嘴唇。我心想，大概只有上帝才有辦法創造出這麼美麗的一張臉吧。如果這世上真的存在美的概念，那麼她的臉孔就是一種美的極致表現。

而且，比起她的美麗臉龐，更吸引人的是她工作時的專注眼神。

以她的外表而言，只要寄一張她的生活照給那些星探，那些人一定會立刻衝到這裡找她，但眼前的她卻只套著一件皺巴巴的白袍。由此看來，她應該是個很認真的研究人員，因此我得特別注意自己的言行舉止才行。

過了一會兒，她終於站起來，並說：「不好意思，我剛好在忙。歡迎你來我們這裡！」

「嗯，妳好！」

我微微點了下頭後，開始四處張望。

「黑須先生叫我來這裡……」

「嗯，你了解自己的工作內容嗎？」

工作？這是什麼意思？她大概是誤會了吧。

「對不起，我不太明白妳的意思。」

「哦，看來征十郎這傢伙是打算把麻煩的工作丟給我了。」

她皺著眉頭，用力抓了抓頭髮。她那頭蓬亂的頭髮，經她這麼一抓頓時變得更加雜亂無章。她的言行舉止沒有一點女孩的樣子，但她的長相卻又十分可愛，而這種衝突感也讓人感到印象深刻。

「我想想該從哪裡開始談起……他有告訴你我的名字嗎？」

「沒有……」

「真是的，連這麼重要的事也沒說。」她皺起眉頭露出不高興的表情，儘管如此她的臉龐看來依舊十分迷人。

她略微搖搖頭後，兩眼筆直地盯著我。

「芝村拓也，我們這是第二次見面了。」

「啊？不會吧，我想我應該沒有看過妳。」

如果我看過這種美少女，就算我的腦袋裡裝的全是漿糊，也不可能忘記。

「我們以前見過面。距離現在七年又八個月前，我曾經和你在暑假的科學研習營見過面。」

「科學……研習營？」

這讓我回想起我的人生就是從那個夏天開始有了重大的轉變。

「你長高了，」她笑一笑，並把手伸向我。「我是桐島統子，歡迎你來我的研究室。」

我聽到這個響亮的名字時，幾乎忍不住想要鞠躬說：「啊，好久不見！」但這怎麼可能？桐島教授今年已經八十八歲了，而眼前這個女生怎麼看年紀都不到二十歲。

我把她又從頭到腳地打量了一次後，拍手說：「我知道了，妳和桐島教授同名同姓。」

「嗯，你會這麼想倒也正常。」她點點頭後，把伸出來的手縮了回去。「不過，你的想法雖然有趣，卻不是事實。因為，我的確是你認識的那位桐島統子本人。」

聽到她這種說法，我不禁苦笑了一下。

「妳別鬧了！桐島教授都八十幾歲的人了。」

「我沒有在鬧你。我得到一種很罕見的疾病，而這種疾病目前還沒有正式的名稱。」她在實驗台旁的椅子坐下後，一臉認真地看著我說：「不過，如果從症狀上來看，最簡單的說法就是我得到的是一種返老還童症。」

隨後，她向我描述了她染病的經過。

由於她的說明包含了許多我聽不懂的專業術語，因此我只能約略地將她的說明整理如下：

桐島教授是東科大的退休教授，她在去年三月時接受校方的邀請回到學校演講。演講結束後，她在準備離開時突然昏倒在會場。校方發現她出現高燒和昏迷的症狀後，立即把她送進大學的附屬醫院。

最初，院方懷疑她染上了流行性感冒，但她一直發高燒，甚至一度病危。兩星期後，她的病情雖然逐漸穩定，氣色也逐漸好轉，但主治醫師驚訝地發覺她的肌膚開始出現年輕化的現象。

她返老還童的症狀持續了兩個月左右，直到她的肉體已經年輕到十幾歲的狀態時才停止。直到今日，醫生們仍然不了解她沒有再繼續年輕化的原因，而桐島教授自己則是認為：「或許這是因為這個年紀正好是體細胞最活躍的時期。」

「雖然端粒的縮短和老化不必然相同，但我的端粒肯定是出現了異樣的活化現象。簡單的說，就是我的身體出現了癌化的現象。癌細胞不同於普通的體細胞，因此會在失去控制下無止境地增長，但我的情況卻似乎轉變成一種良好運作的狀態。我的新生細胞在快速增長的同時，也消滅了那些老化的細胞。」

她的清楚說明讓人很難去懷疑她在說謊。「你在這等一下。」她說完後走向實驗室另一頭的房間，拿來一只天鵝絨的紅色盒子。

我打開盒子後，看見裡頭有一塊金色獎牌。獎牌上的圖案是一個有著落腮鬍的男人側臉，而我記得這就是諾貝爾獎得主所獲頒的獎牌。

「還有這個。」

我一臉茫然地看著她打開一張對折了兩次的厚紙。

那張厚紙的左側畫了一道鮮豔的彩虹，右邊則是寫了一些我看不懂的語言。我的視線隨著文字從上往下檢視時，發覺那些文字的中央寫著「Motoko Kirishima」（桐島統子）。由於獎牌和這張厚紙看來似乎是一整組的物品，因此我猜想這應該就是諾貝爾獎的獎狀。

「這些東西應該可以證明我的身份吧！」

這兩樣東西雖然足以當成證據，但如果真要懷疑的話，還是有一些可疑的地方，比如她可以去複製一塊諾貝爾獎牌，偽造一張諾貝爾獎狀。我曾經想過，或許她是個美女騙子，而眼前這一切只是一場高明的騙局。

儘管如此，我還是選擇相信她就是桐島教授，甚至是打從心底希望她的確是桐島教授。無論如何，我曾經在八年前看過桐島教授，眼前這位少女身上所散發出來的氣勢就如同當年的桐島教授一般。

光是這一點，就足以讓我相信這個少女的確是桐島教授本人。

如果這是事實的話，那我只想問她一個問題。我調整了坐姿並且咳嗽了一聲後，直截了當地問：「妳為什麼要把我找來這裡？」

「你看過這份報告後，就會了解我為什麼會把你找來這裡。」桐島教授拿起一份放在實驗台上的透明檔案夾後，從裡面抽出一張羅列了許多數值的紙張。「這是你血液檢查的分析結果。」

「……是不是出現了什麼不好的結果？」

「不是，正好相反。這份資料顯示了你的白血球、粒細胞、淋巴球和單核球的數目和比例，以及利用流式細胞術分析部分淋巴球的解析結果。無論從哪方面來看，你的數值都十分健康，而且你的自然殺手細胞也呈現極為活躍的狀態。」

桐島教授列舉了一連串的檢驗項目，不過她說得太快，因此我根本沒有聽懂她的意思。

「所以，這表示……我的身體很健康？」

「是超級健康！」桐島教授帶著興奮的口吻說。「你的免疫力比一般人好太多了。回想一下，你應該沒有生過病吧？」

「嗯——好像是」

我在國小、國中和高中畢業時都拿到全勤獎，而且從小到大都不曾感冒發燒。

「我沒說錯吧。只要有細菌和病毒侵入你的體內，你的免疫細胞就會立刻群起攻擊。免疫細胞總是以量取勝，所以你體內的大量免疫細胞可以幫助你戰勝所有的入侵者。」

「聽起來好像很不錯。」

不過，擁有超強免疫力是天生的體質，而不是我後天努力得來的實力，所以也不是什麼特別值得高興的事。這就好像我背後長了一塊形狀很罕見的胎記，而且被人誇獎它是一件很棒的藝術品一樣。

「你擁有不會遭到病毒感染的體質，這也是我選上你的原因，因為你不會遭到返老還童的病毒感染。」

「啊？」我嚇了一跳，並開始四處張望。「這間實驗室裡有那種病毒？」

「我不知道，而且我目前也不確定自己是否真的感染了那種病毒。不過，我也沒有辦法證實這種病毒不存在，只能採取一些必要的保護措施。這裡原本就是做為高危險性傳染病的研究場所，很適合用來隔離一些有可能遭到細菌與病毒感染的人員。」

「沒有人會進來這裡嗎？」

「沒有。雖然我覺得他們有點反應過度，但嚴禁外人進入至少可以讓他們感到放心一點。而且，這裡除了廁所和浴室以外的每個角落，全都處於二十四小時的監視之中。」她說完後指著天花板，我一抬頭便看見天花板上嵌著一顆黑色球體。

「我雖然不能離開這裡，但還是可以在這裡繼續我的研究工作。可是，實驗室裡只有我一個人的話，我就得親自處理許多的雜務，因此我一直沒有辦法加速我的研究。打從我搬進這裡，便開始不斷地向他們要求聘用一位助手。我需要一位可以長時間工作的助手，所以這個人最好就住在這附近，因此他們才會趁著新生健康檢查時順便分析那些血液樣本。不知道你記不記得，你在進行健康檢查前曾經簽署一份文件？」

經她這麼一提，我想起自己似乎的確簽過一份這樣的文件：「同意本人的血液樣本使用於研究用途」當時我沒有想太多就簽名了，直到如今我才曉得，原來這就是他們要我簽署那份文件的目的。

桐島教授突然靠向我。

「我們分析了許多的樣本，而到目前為止你是唯一的適任者。你可以來這裡幫我嗎？」

桐島教授用她那濕潤而閃亮的瞳孔盯著我時，我感覺到她的眼神中彷彿透著一股足以勾魂攝魄的強大力量。桐島教授不但引導我認識科學的魅力，也是一位我十分景仰的偉大研究者。我心想，如果我可以待在她的身旁，或許就可以看見一個不同的世界。

我不知不覺地點頭答應，因為我相信如果拒絕的話，日後一定會後悔。

「謝謝！」

桐島教授露出笑容，並再次把手伸向我。

「希望我們可以長久合作。以後就拜託你了。」

「好，請多多指教。」

我扭扭捏捏地和教授握手。

她的手就像女孩般的細嫩，而當我感覺到她手上的溫暖時，不禁感到有點困窘。

番外篇①

「吸血鬼」微笑地看著筆電銀幕上的基因序列。

經過數個月的秘密研究後，他終於成功地讓基因的序列呈現出他所設計的結構。身為一個研究人員，他感到自己體內正湧現出一種征服大自然的快感。

他環視了一眼實驗室後，深呼吸了一下，並提醒自己現在還不是可以高興的時候，因為到目前為止，他只能算是取得了初步的進展。

接下來，終於可以開始報仇……不對，進行改革的準備。

計畫所需要的道具已經完成，接下來就是確認它的效果，而要確認它是否有效，就得進行實際的測試。

他從很早以前就開始尋找可以做為犧牲品的對象，而目前看來對方似乎還不曾懷疑過他。因此，他只要繼續保持若無其事的樣子，對方應該就會在毫無戒心的情況下成為他的實驗對象。

他苦笑了一下，心想自己似乎變成了一個瘋狂科學家。但只有拋下人性才能完成改革，因此他還是決定開始他的計畫。

他從實驗台的抽屜裡拿出針筒後，從他完成的「道具」中抽出一些液體。

3

四月十日（星期二）①

又是嶄新的一天，一片淡藍色的天空在我的眼前展開，此刻的我正騎著剛買的腳踏車前往大學。

我一邊迎著風，一邊想著我該不會是在做夢吧……

昨天，我離開那間地下室後，走到圖書館上網查詢桐島教授的事。但不管我輸入什麼檢索條件，都無法找到有關桐島教授返老還童以及在演講時昏倒的新聞，這讓我不由得猜想這應該是經過刻意操縱下的結果。

兩條大馬路交會的十字路口對面就是東科大的校區，而大學的醫院是那有如小山丘似的建築群中最高聳的一棟。雖然我很想立刻前往那棟建築底下的實驗室，但我終究是個新生，所以還是得老老實實地去上第一堂課。

打工的時間是從傍晚開始，因此我決定暫時不去想桐島教授的事。交通號誌轉成綠燈後，我開始用力地踩著腳踏車往前行進。

東科大的上課時間是一堂課九十分鐘，上午兩堂，下午三堂，我想別的大學大概也是如此吧。

星期二的第一堂課是英語聽講，一堂由三個班級聯合起來上課的必修科目。

這所大學認為身為一個科學家就應該要會說英語，而它的教育目標更是要打造出熟悉英語以便打進世界領域的科學家。校方為了加強學生在高中時代只能用來應付考試的英語能力，特別注重英語的聽講練習，而且這裡最有名的地方就是聘請外國人擔任英語講師，以及上課時一律使用英語。

今天只是第一次上課，但課程的內容已經比我想像的要困難許多。雖然我很努力地想要聽懂老師的講課內容，不過整堂課下來我始終如同鴨子聽雷。

講師是個中年義大利男人，他的長相就像是電影上時常看到的那種金髮碧眼的洋人。他以誇張的手勢告訴我們：「你們得要把自己的腦袋從用日語思考轉換成用英語思考。」（我猜應該是這個意思）但卻沒有告訴我們該怎麼做。

經過一整堂課的英語轟炸後，我開始感到頭昏腦脹。

下課後，我趴在桌上試著讓自己恢復清醒時，有人拍了拍我的肩膀。

「喲，辛苦了。」

我抬頭後，看見久馬和飯倉站在我的身旁。這時，我才想起他們兩人和我上同一堂課。眼前的兩人，一個身材高大而威猛，另一個則是體型纖細而柔弱，這看來實在很像是一種男子偶像團體的組合。

「上這堂課還真累。」久馬揉著自己的肩膀。

「是啊！」我慢慢地站起來，學著外國人把兩手一攤。「完全聽不懂，我還真擔心自己會被當。」

「擔心也沒用，也許再過一段時間就會習慣了。別聊這個，飯倉有件事要告訴你。」

「哦？」我轉向飯倉後，他點點頭並露出爽朗的笑容。

「我聽久馬說你想要打工，而我剛好知道一個打工的機會。雖然這個工作的薪水不高，不過工作內容很簡單。」

「哦？」

我努力保持鎮定，因為我沒有告訴過任何人我將要在實驗室打工的事。雖然桐島教授有要求我一定得保守秘密，不過話說回來了，這也不是一件可以告訴別人的事。如果我告訴別人我將會前往一間實驗室打工，而且實驗室的負責人還是一個返老還童的諾貝爾獎得主，那麼對方一定會懷疑我的腦袋有問題。

為了不讓自己在言談中露出馬腳，我趕緊說：「聽起來還不錯的樣子。」

「工作內容是什麼？」

「其實我也不是很清楚，」飯倉抓了抓頭。「不過，聽說工作時間很短，而且工作地點就在校內。我們可以利用午休時間去看看。」

「好，那午休時我們就在大廳集合吧！」

我和另外兩人約定好集合時間後，轉身走向下一堂課的上課地點。

中午十二點半，我跑過理學院三號大樓前的台階，穿過自動門走進玄關後，發現久馬和飯倉已經站在大廳。

「對不起，我和班上的同學一起去食堂吃飯，所以來晚了。」

「沒關係，我們原本約定的時間就是十二點半。」久馬看了一眼手錶後，轉向飯倉問：「接下來，我們要去哪？」

「工作地點就在附近。我們走吧！」

飯倉說完後，從我身旁走向門外。我跟著他走出大樓後，他指著隔壁的理學院二號大樓，說：「就在那裡。」二號大樓除了窗戶之外，整棟建築全籠罩在有如金屬製的竹簾底下，看來很像是一塊裝在鐵網裡的豆腐，但也可以說是一棟極具未來感的建築。

我們準備走進二號大樓的大廳前，飯倉突然說「等一下」，並停下腳步拿出手機。他不知道打給誰後，簡短地告訴對方：「我們到了……那我們在大廳等你。」

過了一會兒，一個穿著白袍的男人出現在走廊上。

他的年齡看來大約介於三十五至四十歲，皮膚略黑，眼神銳利，留著一小撮山羊鬍，還有一頭染成褐色的長髮。

「哈囉，佑介。」

看來有如不良少年似的男人露出一臉爽朗的笑容。飯倉站在他的身旁介紹：「這是我叔叔，我提到的工作就是他介紹的。」

「我叫高本伊佐雄。你們兩位也都是新生吧。」

我和久馬點頭後，簡單地向他做了自我介紹。

「你們對於大學的環境應該還不太熟悉吧。我的外表看起來雖然不像個副教授，不過我可是每天都很拚命地做研究。」

高本副教授笑著拍了拍我們的肩膀後，指著走廊另一頭說：「好了，你們跟我來吧。」

「叔叔，你可不可以先向大家說明一下打工的內容？」

飯倉說完後，高本副教授突然睜大眼睛瞪著我們。隨後，他歪著頭想了一下，說：「咦？我還沒告訴你們嗎？」

「工作內容就是抽血。這些血是要拿來做為實驗之用。」

「是要抽我們的血嗎？」久馬驚訝地問。

高本副教授笑著說：「放心吧，抽血量和一般的健康檢查差不了多少。我正在和醫學院合作調查一般人的病毒感染狀況，所以我們在抽血上的安全性可是有醫生保證的。好了，跟我來吧！」

在高本副教授的催促下，我們排成一列地在走廊上前進。走廊的牆壁、地板都是灰色，沒有任何裝飾物品，感覺起來很像是走在一條隧道裡。

「到了。」

高本副教授停下腳步，指著一道門。那道門上貼著一塊牌子，上頭寫著：

「衛生疫學研究室．事務室」

隨後，高本副教授打開門走進房間。

一個胖嘟嘟的女生坐在一張大辦公桌的對面，而她身後的黑色窗簾更是突顯出她渾圓的體型，這讓我聯想起背著嬰兒下田的農村大嬸。

「長瀨，我正好要找妳。」

長瀨從椅子上站起來，她的視線逐一掃過我們三人後，在飯倉的身上停下並眨了幾下眼睛。接著，她轉向高本副教授問：「怎麼了？」

「這幾位全是新生，他們是來這裡抽血的。人數多了點，不知道有沒有關係？」

「原來是要抽血，沒問題，可以多取一些樣本也不錯。」

長瀨笑了笑後，從抽屜裡拿出幾張表格。

「同意抽血的人得先填寫這張表格，這是用來確認你們是否同意將自己的血液提供做為實驗之用。」

我接過表格後，在上面填入自己的名字和出生年月日。當我填寫到最後一欄的「病史」時，我猶豫了一下。我考慮著是否要在這裡填上自己具有超強的免疫力，但這麼寫似乎只會讓事情變得複雜，因此最後我在「不曾染病」的欄上打勾。

長瀨接過我們填寫完的表格後，遞給我們每人一只褐色的素面信封。

「這是你們的報酬，裡面裝著三千日元，不過不是現金而是圖書卡。你們最近應該需要買很多教科書，這張卡可以在校內的圖書部使用，我想對你們來說應該是很好用的一張卡。」

「謝謝，這張卡對我們來說的確很好用。」

久馬代表我們向她道謝。

「哪裡，我們才要感謝你們的協助。我們會確保實驗以匿名的方式作業，你們可以放心。」

長瀨微笑著目送我們離開辦公室。

我們走出辦公室後，高木副教授說：「她是我們這裡最年長的學生，所以我指派她擔任抽血業務的負責人。」

「我們要去哪裡抽血？該不會還要走去大學醫院吧？」

「不用，你們可以在這裡抽血。我們這裡有一位學生已經取得醫檢師的執照。」

高木副教授一臉驕傲地回答了久馬的詢問後，打開走廊另一側的門。那道門上同樣貼著一塊牌子，上頭寫著：「**衛生疫學研究室‧實驗室**」。我們三人跟著高木副教授走進那間實驗室裡。這間實驗室的佈置和設備看來很像桐島教授的實驗室，只不過這裡的面積只有桐島教授那間的四分之一左右。

高木副教授環視了實驗室一眼後，歪著頭說：「咦，人不在這兒？」一位站在實驗台附近的男人聽到高本副教授的聲音後，走向我們。

男人留著短頭髮，還有一根如同辣椒似的細長脖子。他的眼睛細到讓人搞不清楚他是否有睜開雙眼，他的長相看起來就像是復活節島的摩艾石像。

「老師，有什麼事？」他那對細長的眼睛環視了我們一眼。

「東條，你知道齋藤人在哪兒嗎？」

「她去吃飯，」他回答。「不過，這個時間她應該快回來了……」

東條剛說完，門口立即傳來開門的聲響，並且走出一位身材苗條的女性。

她留著一頭長長的直髮，有著如同珍珠般的乳白色肌膚。她的外形美得就像是竹久夢二④所描繪的美人，卻也虛幻得讓人感覺彷彿隨時都可能消失。

「啊，我正在找妳，」高本副教授彈了一下手指。「接下來就拜託妳了。」

這位名叫齋藤的女人靜靜地盯著我們三人後，皺了下眉頭。

「怎麼了？」高本副教授擔心地問。

「沒有，只是人數多了點，所以有點驚訝。」她微笑了一下後，以溫柔的口吻說：「要抽血是吧？等我一下，我去準備東西。」

齋藤穿上披在椅背上的白袍後，繞著實驗室走了一圈。當她走回我們面前時，手上已經拿著針筒、試管、脫脂棉和消毒水。

「好了，誰先來？」

我發覺自己站在最前面後，茫然地隨著齋藤的指示坐到她面前的椅子。

「左手可以嗎？你先把袖子捲起來，再把手放到桌上。」

齋藤溫柔地替我進行手肘內側的消毒時，我明顯感覺到自己的心跳正在加速。我曾經聽說，男人一旦遇到美麗的護理師，那麼他在量血壓時一定會測到比平常高的數值。雖然這裡不是醫院，但我想結果大概也差不多吧。

「你以前曾經因為抽血而感到不適嗎？」

「沒有。」

「好，那你現在先輕輕地握拳……對，就是這樣。」

齋藤有如在對待小貓般輕輕撫摩我的手肘，並在找到血管後毫不猶豫地把針頭刺進我的皮膚。她臉上的溫柔彷彿瞬間消失，取而代之的是一臉專注的神情。

顏色紅到讓人感到有點不舒服的液體開始湧進針筒。

或許是因為我從不曾生病，所以我從以前就很怕看到血。如果一直盯著血看，會開始感到不太舒服，因此我在抽血的中途把眼睛轉向一旁。

我發覺站在不遠處的東條似乎正睜著細長的眼睛看著我們，雖然無法確定他是不是在看我，但這種被觀察的感覺實在讓人感覺不太舒服。

④竹久夢二（1884-1934）是日本畫家、詩人；以美人畫聞名，作品被稱為「夢二式美人」。

「好了！」

我聽到齋藤的聲音後，回頭看著自己的手肘。齋藤有著十分出色的技術，在我不知不覺間她已經拔出了針頭，而且沒有帶給我絲毫疼痛的感覺。

她拿著裝了血液的試管輕輕搖了幾下後，像對待剛出生的小雞般小心翼翼地把試管放到盤子上。

齋藤看著我的眼睛，微笑著問：「你們三個都是新生嗎？」

「嗯，沒錯。」我微微地點頭後，禮貌性地反問：「妳是幾年級的學生？」

「我也是一年級的學生，不過我已經是博士生了。」齋藤露出煩惱的表情，並且伸手摸著自己的臉頰。「我比你們老多了。已經可以算是個阿姨了。」

沒那回事，妳看起來好年輕！

雖然我心裡這麼想，但我怕說出來會讓人感覺太過輕佻，因此我只是微微地搖搖頭後便站起來把位子讓給久馬。

4

四月十日（星期二）

下午四點二十分，同學們在上完今天的第四堂課，同時也是最後一堂課後，全都鬆了一大口氣。

明天不是週末，但卻是學校的創立紀念日，全校停課一天。雖然我很想像同學們一樣拋下一切出門遊玩，但此刻還有非常重要的事情等著我去完成。

我穿過擁向大門的人潮走向醫院，前往桐島教授的實驗室。此刻，我終於可以開始確認昨天的事是否真的發生過。

我惴惴不安地繞到醫院的後方，在停車場的角落找到那間小屋。

打開大門後，我走向位於屋子後頭的亮紅色房門。把黑須給我的卡片貼著讀卡機，門鎖隨即解除。我心想，看來這張卡片真的是這裡的門卡。我吞了一口口水，拉開沉重的房門走進另一個房間。

我站在通往地下的電梯旁，把桐島教授的出生年月日輸入電梯的操作面板後，電梯門立刻開啟。

事情發展至此，幾乎已經可以確定。因此，當我搭乘電梯抵達地下室時，我心裡僅存的一點疑心也完全消失了。我輕易地通過指紋認證，再次走進那間地下實驗室。

「喲，你來啦！」

我看到黑須坐在辦公室後，向他打了聲招呼，並微微地點了下頭。儘管這裡是室內，黑須卻依舊戴著他的太陽眼鏡。我心想，這或許是他的個人風格吧。

「你已經確定要在這裡打工嗎？」

「嗯，我確定。」

「太好了！終於有人幫忙分攤我的工作了。從去年的六月開始就獨自承接這項任務，到今天為止已經過了十個月了。回想起來，這段時間還真是漫長啊！」

黑須突然像在演戲似得起身，展開雙手、仰頭看著天花板。

「自從困在這裡後，我始終在處理一些很瑣碎的雜事，自己的偵探事業也因此暫停了。雖然我不需要進去實驗室，但這種工作實在太辛苦了。以前，我從沒有和科學沾上任何一點關係，所以根本聽不懂教授交代的工作。要是沒有非常仔細地去調查廠商和規格的話，根本連一根試管也買不到。」

這個人講話的速度很快，我想他在很多事情上大概也都比一般人快，包括吃飯和洗澡。

我突然想到一個問題。

「黑須先生，你和桐島教授是什麼關係。」

「咦，我沒有告訴過你嗎？她是我祖母的姐姐，也就是我的姨祖母。換句話說，我是以家屬代表的身份在這裡幫忙。我那些親戚們全都認為我是個自由工作者，但事實上偵探的工作根本不是這麼一回事。」

「這麼說來，桐島教授的親戚們都曉得她返老還童的事，我原本以為這是個很重大的秘密。」

黑須伸出食指左右搖動。

「你可別小看我這個偵探，我會知道這件事是因為一些特殊管道。我們家族的親戚們全都以為她還在從事研究工作，直到目前為止，知道她返老還童的人除了我，只有在醫院負責治療的醫師以及厚生勞動省的主管，而且我們從沒想過要把這件事公諸於世。」

接下來，我不曉得黑須是不是在開玩笑，因為他笑著說，如果有人不小心說溜嘴，他就得擔起殺人滅口的工作了。

「好了，接下來我簡單說明一下工作內容吧。你有聽過傳遞箱這種東西嗎？」

我搖搖頭。「你跟我來。」黑須說完後，打開位於辦公室右側角落的房門。那是一間大約六坪大小的房間，右側牆壁有一道銀色鐵門，而左側牆壁約略在我腰部的位置則有一道如同金庫般附有把手的小門。

「右邊那道門是搬運物品用的電梯門，不過電梯的空間很窄沒有辦法載人，只是用來運送倉庫裡的物品。東西不是很多的話，只要利用這道電梯就可以很快地把物品從倉庫運到地下室。左邊這道門就是傳遞箱，牆壁的對面是教授的實驗室。」

「看起來很像金庫。」

「嗯，沒錯。這也可以算是一個埋在牆壁裡的金庫。」黑須打開傳遞箱的箱門。「這個箱子也可以從另一邊開啟，因此對面的人可以透過傳遞箱拿到我們放在裡頭的物品。不過，為了防止病毒汙染空氣，這個箱子被設計成沒有辦法同時開啟。」

「聽起來真的是一個很聰明的設計。」

「不只如此，每當實驗室那頭有開啟的動作時，只要那邊一關上門，傳遞箱就會啟動自動殺菌的功能。藉由這些機制，實驗室就可以排除病毒傳播的可能。只要是生物系的研究室都會有類似的設備，所以這其實也算不上是什麼尖端科技。」

黑須滔滔不絕地說完後，關上箱門。

「你得學習如何使用這些設備。接下來，是關於你上次沐浴的那個設備。」

「哦，那條走道。」

「沒錯。我自己從沒進去過，不過聽說每次進出都得脫光衣服。這道程序很麻煩，而且皮膚泡水泡久了也會變得皺皺的，所以我建議你最好事先規劃好自己的工作，以便減少進出的次數。」

「嗯，謝謝你的建議。」

「其實，我剛剛提到的只是一些常識。對了，我差點忘了告訴你一件很重要的事。教授因為返老還童的副作用，食量變得很大。雖然她只吃早午晚三餐，可是她得吃五人份的食物。每天清晨都會有人把一日份的便當送進倉庫，所以你每天早上都得來這裡把便當送進實驗室。」

我聽到桐島教授一餐得吃五人份的食物時，只能用目瞪口呆來形容我的感覺，因為她的身材看起來實在不像可以吃下這麼多的東西。

「我沒有辦法把一些瑣碎的事情交代得很清楚，日後遇到問題可以去問教授。工作時間只有早上一小時和下午六點過後的二小時，但沒有放假，所以你每天都得來這裡上班。不過，你的付出也會有相對的回報。實驗室有厚生勞動省提供的經費，因此這份工作有著相當優渥的報酬。你每個月的薪水甚至會高過普通大學畢業生的平均薪資。你還有沒有什麼問題想問？沒有的話，我要離開了。」

黑須一口氣說完後，我還來不及提出問題，他便已經頭也不回地走出房間。

我一邊回想黑須的話，一邊試著打開幾次傳遞箱。每當我打開厚重的箱門時，裡頭便會飄出一股有如嶄新電器製品的氣味。

我把倉庫裡的紙箱全搬進地下室後，決定前往實驗室向桐島教授打個招呼。

我完成淨身和更衣並穿上白袍走進實驗室。一走進實驗室便發現綁著馬尾的桐島教授，正背對著我坐在實驗台前。

她停下手上的作業，轉頭看到我：「你來啦！」她的頭髮雖然亂得像一堆雜草，但她的臉卻怎麼看都是個可愛到會讓人流鼻血的年輕女孩。

「教授好……我今天開始上班。」

「好，那就麻煩你開始工作吧！」

「實驗室的地板得打掃了，可是你得先等我的實驗告一段落才行。你先去收拾每個房間的垃圾好了！這裡已經有一段時間沒整理了，垃圾應該變多的。」

「好。」我很自然地點了點頭。

雖然她的說話帶有命令式的口吻，但聽起來卻不會帶給人不舒服的感覺，甚至會讓人迫不及待地想要去完成她交代的任務。我想，這大概就是她的個人魅力吧。

我走到角落從架子上拿了一只大垃圾袋，開始四處收集每一個垃圾桶裡的垃圾。

由於桐島教授要我收拾每一個房間的垃圾，因此我在繞了實驗室一圈後，隨手打開眼前的一道門。

「哇！」

房間裡堆滿塞得圓滾滾的黑色塑膠袋，一時間我還以為自己走進了垃圾場。房間的角落裡擺著一張床鋪，雖然很難相信，這個房間看來似乎就是教授的臥室。儘管房裡聞不到酸腐的臭味，不過怎麼看也不像是一處可以讓人好好睡覺的場所。接著，我突然萌生出一股想要儘快把這裡打掃乾淨的衝動。

原本打算先把這些塑膠袋全搬出這個房間，但當我準備抱起眼前的塑膠袋時，發覺有些塑膠袋口沒有綁起來。我心想，或許教授有在做垃圾分類。

我翻開袋子想要確認裡頭的物品時嚇了一跳，袋子裡竟然塞滿了內褲。

「教授！」

我急急忙忙跑出臥室，桐島教授仍然專注地進行實驗。

「怎麼了，為什麼慌慌張張的？」

「我發現垃圾袋裡塞滿了一堆看來很像四角褲，或是燈籠短褲之類的阿嬤內褲。」

「……那些是我的內褲。你把它們全拿去丟了吧！」

「可是，這會不會有點浪費……」我發覺自己的口氣聽來有點像個變態，所以急忙改口說：「教授不考慮把它們洗一洗再拿來穿嗎？」

「為了減少廢水的處理，所以實驗室裡是沒有在洗東西的。我還有很多可以替換的衣服，那些衣服可以拿去丟掉沒關係。」

「……哦，好。」

「另外，我順便跟你說明一下丟垃圾的方法。垃圾槽位於那道門的後面。」教授指著一道位於出入口旁的門。「這裡的所有垃圾都不進行分類，而且在焚化上也不經由人工處理，而是透過輸送帶直接送去焚化。」

「嗯，我知道了。」

既然教授都叫我丟掉了，也只能聽命行事。正當我垂頭喪氣地準備走回教授的臥室時，她突然叫住我：

「等一下！」

「還有什麼事嗎？」

「在我年輕的時候，每個女孩都是穿著你看到的那種內褲。在二次世界大戰後的那個年代，針織內褲可說是最高級的衣物。而且，小腹的保暖對女人很重要，所以就這點而言，這種樣式的內褲具有很高的實用性。你了解我的意思嗎？」

桐島教授的聲音聽來有點不太高興。大概是因為我把她很喜歡的內褲稱為「阿嬤內褲」，因此惹得她不高興吧。我小心地點頭，並說：「對不起！」

「沒關係，另外……」

桐島教授一臉不悅地問：「你知不知道現在的年輕女孩都穿什麼樣的內褲？」

「哦，她們都是穿三角褲。」我在空中畫了一個逆三角形。「類似這種形狀的內褲。」

「……嗯，我在服飾店看過這種內褲。」

「然後呢？」

「……沒什麼，只是閒聊。你繼續工作吧！」

「哦，那我先去忙了。」

我向桐島教授微微地鞠躬行禮後，再度走回她的臥室。

經過再度確認後，發現那些黑色塑膠袋裡只有一包袋子裡裝著內褲，其他袋子則是塞滿了實驗器材、便當空盒和保特瓶等物品。我想，桐島教授大概是為了保留實驗室的空間，才會把這些東西放在自己的寢室。

我來回搬運了幾趟後，清空了原本堆滿地板的垃圾袋。隨後，我注意到這個房間的地板只是普通的亞麻地板，並沒有鋪上比較舒適好看的絨毛地毯。

桐島教授的臥室可以用簡樸來形容，但也可以形容成單調。房裡沒有電視機、電腦、衣櫃、冰箱，只有一張床、一張書桌、一把椅子、裝有內褲和T恤的紙箱以及瓶裝礦泉水。

當我想到桐島教授的生活簡直就像個囚犯時，內心不禁感到一陣愴然。

丟完垃圾走回實驗室，發覺實驗台上已經擺著一排便當盒。

那些便當盒裡裝著懷石料理，菜色包括竹筍加胡蘿蔔、凍豆腐燉菜、薑烤鰆魚、明蝦和磨菇與青椒天婦羅、鮪魚和鯛魚以及烏賊生魚片、哈密瓜和柳橙、醬菜和白飯。

桐島教授走到水槽旁洗完手，神清氣爽地在一把圓椅上坐下。

「我開動了。」

她謙遜地雙手合十，拿起筷子開始吃飯。一位長相如此美麗的女性，吃飯的方式必定十分優雅。想不到教授把身體往前傾後，立即狼吞虎嚥了起來。

我目瞪口呆地盯著她那有如野獸般的進食方式，以及那鼓脹得有如花栗鼠的兩頰時，她轉頭看著我說：

「你怎麼站在那裡發呆？垃圾處理完了嗎？」

「嗯，我已經把所有垃圾都拿去丟了。」

「那你開始掃地吧！掃地用具放在更衣室的櫃子裡。我吃完飯就要開始工作，所以你得在我吃完前把地板掃乾淨。」

說完這些話後，桐島教授也同時吃完了第一個便當。隨後，馬上又拿起第二個便當。

我心想，糟了，照她這個速度，不用二十分鐘，就會吃完所有便當。我急忙轉身準備開始打掃的工作，她又叫住我。

「工作這種事，不是等到別人說了你才做。你自己得要想好工作的順序，一件事情做完了，就要馬上開始做下一件事情。只有小學生才需要別人在後頭盯著，希望你以後要懂得自動自發。」

我連忙點頭說：「好的，我會努力做好我的工作。」

晚上七點左右，完成實驗室的工作，走回辦公室。由於是第一天上班，所以桐島教授只交辦了一些清掃的工作。

不過，我的工作還沒結束，因為我還得看完黑須留下的交接手冊。手冊上寫著一大堆工作內容，包括我得負責下單採購試劑和實驗器材等雜務性工作。另外，這裡沒有飼養動物，因此一旦需要進行動物實驗，我就得委託外面的研究單位來協助。

我正準備開始閱讀眼前的一大疊檔案夾時，背包裡的手機突然震動了起來。我這才發覺儘管這間實驗室位於地下，但還是可以收到訊號。

我拿出手機，銀幕上顯示著飯倉的名字。

「喂。」

「太好了，還好有找到你。」飯倉的聲音聽來像是鬆了一大口氣。「我有件事想請你幫忙。」

「什麼事？」

「我叔叔剛才突然打電話給我，他說研究室正在舉辦同樂會，問我要不要過去喝一杯。他的口氣聽起來似乎是要我一定得出席，而且他還說那裡全是一些我不認識的人，所以要我帶朋友一起過去。」

「所以，你是要我陪你去？」

「嗯，事發突然，拜託了！」

我看了一眼手上的資料後，說：「對不起！我現在正在打工，所以我實在沒有辦法和你一起去參加同樂會。」

「哦——想不到你這麼快就找到工作了。」

「嗯，我的運氣還不錯。」我怕他會繼續往下問，所以趕緊岔開話題。「你可以找久馬跟你去同樂會。」

「我問過他了，」他嘆了口氣後，苦笑著說：「他也說他沒空。看來我只好一個人去了。不過說真的，我還蠻討厭這種場合的。」

「對不起。如果下次再遇到這種事，我一定會想辦法去陪你。」

「沒關係，這次實在是太突然了。好了，我要去參加同樂會了。」飯倉說完後掛斷了電話。

雖然我有正當理由，但還是對自己拒絕他感到很不好意思。我一邊翻開眼前的交接手冊，一邊想著等下次見面再向他道歉。

5

四月十一日（星期三）

今天是大學的創校紀念日，學校停課一天。但黑須說過我的工作全年無休，因此我還是一大早就來到了桐島教授的實驗室。

昨晚，我已經看完整本交接手冊，因此已經可以大致掌握自己的工作內容。

先把倉庫裡的便當和實驗器材全搬進貨用電梯後，把電梯移動到地下室。接著，我搭著客用電梯來到地下辦公室，前往倉庫搬出貨用電梯裡的物品，並把一日份的便當全放進傳遞箱裡。

我走回辦公室後，打開桌上電腦並啟動郵件軟體。我發覺信箱裡還沒有任何來自試劑廠商或其他研究單位的信件時，不禁鬆了口氣。接下來，我立即走向實驗室，中途我還是得像昨天一樣經過那條做為淋浴用途的走道。

「早安！」

我一打開實驗室的房門，立即大聲招呼，而坐在實驗台前的教授則是頭也不回地說：「早！」

今天的教授還是一如往常地專注於工作，而且我發覺她除了吃飯以外似乎從不曾停下手上的實驗。我在昨天已經清空的垃圾桶裡，發現桶子裡又再度塞滿了實驗用的塑膠器材時，心想她該不會沒有睡覺吧。

實驗室裡有好幾台高效液相層析儀，用途是做為蛋白質的分離與化學成份的分析。由於這些機台每天都會排出數公升溶劑，而廢液槽的容量有限，因此我每兩天就得清理這些機台的廢液，並替每個機台補充溶劑。

完成垃圾的清理和溶劑的補充後，我開始打掃實驗室的地板。

我在實驗室裡四處走動時，教授的視線始終沒有離開過她手上的工作。完成早上的工作後，我看著教授的側臉，想要尋找適當的時機向她詢問一個問題。就在她短暫停止動作時，趕緊開口：「對不起，可以請教教授一個問題嗎？」

「什麼問題？」

「請問教授現在從事的是什麼樣的研究？妳的研究是否和返老還童有關？」

「我在今年的一月以前的確在進行返老還童的研究。不過，我目前主要是在從事有關於罕見疾病的研究。」

桐島教授把試管放回金屬架後，轉頭看著我。

「厚生勞動省的高層已經十分了解我的症狀，也委託了一些機構在進行返老還童的研究，所以就算少了我，研究工作還是會繼續進行，但其他罕見疾病的患者就沒有這樣的機遇了。根據統計，目前全世界有七千多種疾病，而其中有些疾病的患者少到只有幾十個人。雖然政府有成立罕見疾病的研究單位，但如果無法找到治療方法，終究還是沒辦法根除，因此我決定把自己的研究方向轉向罕見疾病的研究。」

雖然桐島教授的表情很冷漠，但從談話中還是可以感覺出她對研究的熱情。

「從這一點來看，這裡其實是一個非常合適的研究地點。只要我有需要，隨時可以從醫院取得病患的樣本。這對我的研究工作十分重要，因為我有很多實驗都得分析新鮮的樣本。」

我想到自己正在幫助教授完成偉大的研究時，內心不禁感到一陣激動。雖然只能幫忙教授完成一些零碎的工作，但只要我可以盡心盡力貢獻自己的一份力量，總有一天教授一定可以找出治療罕見疾病的方法。

當我沉浸在自己的思緒時，教授問：「對了，我想問你，你了解網路嗎？」

「還可以！」

高中時，我就讀的學校把電腦教室免費開放給學生使用。我經常泡在電腦教室，自然也就十分清楚網路的使用方式。

「太好了，」教授坐在椅子上轉向另一側，指著一台放在實驗室角落的筆記型電腦。「我待會兒會給你一些資料。我想請你上網幫我找一些蛋白質的基因序列。」

「好，可是……教授自己上網找不是更快嗎？」

教授抓了抓她那頭蓬亂的頭髮後，嘆了口氣。

「……我不知道怎麼上網。」

「啊？可是上網很簡單啊！」

「這對你來說或許很簡單，可是我年輕的時候沒有網路，所以我一時還搞不懂這種東西。」

聽教授這麼說後，我突然想到這個地下室具有完備的網路環境，而且每個房間都可以上網。儘管教授被軟禁在實驗室裡，應該還是可以使用電腦上網才對。可是，她卻連自己研究上的電子信件都還是交給別人處理。

可見教授不只不會使用電子信箱，甚至也不懂得如何使用電腦。

桐島教授外表看來很年輕，實際上卻已經是個八十八歲的老婆婆，所以她不懂電腦也是很正常的事。不過，我想既然她可以獲得諾貝爾獎的肯定，以她這麼優秀的人才要學會電腦應該很簡單。

我用力點點頭後，說：「如果妳想學的話，我可以教妳。」

但教授只「嗯」了一聲，並露出興趣缺缺的表情。

「我知道學會電腦可以提高我的工作效率，可是我已經這把年紀了，現在才開始學電腦感覺起來似乎有點晚了。」

「沒那回事，現在有很多專門教導老年人的電腦教室。」

教授突然轉開視線。

「……其實，我以前有使用過。」

「電腦嗎？」

「嗯，一九八九年，我的研究室曾經導入當時最新型的電腦。那台電腦的巨大外型引起了我的興趣，有一天，我趁著四下無人試著操作了一下。結果……電腦的畫面突然整個黑掉。從那之後，我就沒有再碰過電腦。」

「妳大概是按到了什麼按鍵吧！那台電腦後來怎麼了？」

「我後來偷偷叫廠商來把電腦收回去，因為我擔心如果讓學生們知道我弄壞了電腦，我就威信掃地了。」

「從那之後，妳都沒有再碰過電腦？」

「……嗯。」

看來教授的心裡似乎還殘留著當時的陰影。想到那時教授一臉無奈地坐在電腦前的模樣時，內心不禁湧出一絲同情。

「沒關係，我可以教妳操作的方法，妳也可以趁現在學會如何使用電腦。就算妳把電腦弄壞了，我也會想辦法修理。」

教授眨了幾下眼睛後，緩緩點頭。

「嗯——那就拜託你了。」

「妳現在有空嗎？要不要先試著操作一下？」

「我差不多該吃早餐了，所以時間上倒是沒什麼問題。」
「那我們就來試試看吧！」
我們走到放置筆記型電腦的地方後，我先請教授坐到椅子上。
「首先，妳得先打開電腦。」
桐島教授掀開筆電的液晶銀幕後，轉頭看著我。
「然後呢？」
這時，我才發覺教授誤會了我的意思。
「對不起，我剛才沒說清楚。我的意思是打開筆電的電源。」
「拜託──」教授皺了下眉頭後，瞪著我說：「你能不能不要使用這種專業術語？」
「對不起，那我們重來一次好了。請妳先打開筆電的電源！」
「嗯……筆電的電源在哪兒？」教授露出困惑的表情。
「事實上，初學者經常會碰到這種問題。妳要不要先試著找找看？」
桐島教授「嗯」了一聲，開始仔細地觀察那台筆電。我看著她拿起筆電前後左右地檢視，甚至連筆電的側面也不放過時，心想教授果然是個很認真的研究者。最後，她指著鍵盤上方的一個圓形按鈕問：「是這個嗎？」
「沒錯，妳先把它按下去。」
教授按下電源鍵後，銀幕上開始浮現一幅寬闊草原的畫面，畫面上有一個連結網路的圖標。
「妳在這個圖標上頭點兩下。」
「點兩下？」

「……妳知道滑鼠吧？就是放在妳手邊那個圓形的東西。」

「這個我曉得，因為它的外形很像老鼠所以才叫滑鼠吧！」

教授有點不太高興地說完後，伸手抓住滑鼠。但我發覺她抓著滑鼠的手勢，看起來應該沒有辦法點擊滑鼠。

「妳抓滑鼠的姿勢不太對。妳應該把手指放在這裡……」

由於我想向教授示範該以何種手勢抓住滑鼠，因此我靠近教授的背部並且伸手抓住滑鼠。這時，教授突然從椅子上跳開。

「怎麼了？」

「……你不覺得太近了嗎？」

我看了看銀幕後，說：「還好吧！這種距離還不至於造成眼睛的傷害。」

「我不是這個意思。我是說你離我太近了。」教授緊張地說。

我心想，教授是不是生氣了，因為她的臉似乎整個紅了起來。

「小心一點。外面一直有人在監視著這個房間，一旦你出現什麼奇怪的舉動，對方可能會以為這裡發生了什麼事。」

「哦，我知道了。」

「……你一定得小心自己的舉止。如果我被人誤會發生了什麼不檢點的行為……我的名譽就毀了。」

桐島教授瞪著我的胸前說話，表情看起來就像是我剛才的舉動把她給害慘了。

我感到氣氛變得有點尷尬，因此咳嗽了一下，說：「總之，我先教妳怎麼使用電腦吧！」並請教授坐回椅子上。

6

四月十二日（星期四）

我在打工中渡過學校的停課日，迎接另一個嶄新的上課日。

早上的代數幾何和熱力學的課程結束後，我走向擠滿客人的食堂，結完帳，端著定食開始找位置。這時，我聽見有人喊著我的名字。轉過頭，發現久馬正獨自坐在角落的位置。

「我運氣不錯，你身邊剛好有空位。」

我剛坐下，久馬便開口說：「飯倉是不是有邀你去參加同樂會？聽說你拒絕了。」

「我剛好有事，」我喝了一口味噌湯，問：「你為什麼不去？」

「我酒量很差。我怕會在一群陌生人面前出醜。」

「嗯，飯倉還好嗎？」

久馬搖搖頭。

「好像不太好，大概是喝了不少酒吧。」

「是哦……如果我陪他去的話，或許他就不會喝那麼多了。」

「跟你沒關係，一定是他昨晚喝過頭了，宿醉是他咎由自取。」

久馬似乎對飯倉喝醉感到很不滿。氣氛變得有點僵，我只好開始一邊咬著糖醋排骨，一邊想著要如何打開話題。這時，我的手機震了起來。

「等一下。」

手機銀幕上顯示的來電者是桐島教授。雖然我有把桐島教授的電話登錄在手機裡，但這是她第一次打電話給我。

我背對久馬接通電話後，桐島教授一開口便說：「我想請你幫忙影印一篇論文。那篇論文收藏在理學院的圖書館，我現在就把雜誌的名稱和頁數告訴你。你可以先拿筆寫下來嗎？」

「好，妳等我一下。」

我從背包中拿出筆記本，依照教授的指示抄下那篇學術論文以及雜誌的名稱和頁數。

「誰呀？」我掛斷電話後，久馬一臉訝異地問：「你講話怎麼突然變得那麼有禮貌？」

「對方是我打工地點的主管。」

「主管？你什麼時候找到工作的？」

「這份工作是朋友介紹的。」

「是哦，那工作內容是什麼？」

「我在醫學院的實驗室……」我說到一半突然發覺不對，趕緊改口：「不是，我在大學附設醫院做清掃工作。」

「原來如此，想不到還有這種打工。」

「是啊，還蠻累人的。」我又加了一句。久馬似乎相信了我編的謊，沒有再繼續追問。

我一邊喝茶，一邊暗自嘆了口氣，心想日後我一定會經常被問到類似的問題。當我想到自己得不斷撒謊時，心情瞬間蒙上一層陰影。再這樣下去，我的鼻子一定很快就會變長吧。

我和久馬分開後，走向理學院二號大樓執行教授指派的工作。

東科大有一棟獨立的圖書總館，但各個學院也都有自己專用的圖書室。理學院的專用圖書室位於二號大樓的地下室。雖然我不曾去過那裡，但新生講習時校方曾經向我們說明圖書館的使用方法，因此我只要能找到那本書，應該就可以完成影印的工作。

我走進二號大樓的大廳後，停下腳步尋找通往地下樓層的階梯時，有個看來有點眼熟的女人朝著我喊：「哈囉！」我很快地想起她就是之前幫我抽血的齋藤小姐。

「你來這裡做什麼？」

「我在找理學院的圖書室，妳知道位置嗎？」

「圖書室在地下室。樓梯在走道底，我帶你去吧！」

我心想這可以省下我不少麻煩，便接受了齋藤的好意。

她帶著我往前走時，問我：「大學生活還習慣嗎？會不會覺得課業很重？」

「嗯，尤其是英語課。」

英語課一星期有三堂，包括文法、聽力和對話。由於這些課程全是必修課，不論再怎麼不喜歡也不能用其他課程的學分來抵免。

「嗯，學校這幾年好像愈來愈重視英語教育。我讀大學時還沒有像現在這麼重視。不過，反過來想的話，這未嘗不是一件好事。如果你未來要從事研究工作，就可以從現在開始加強自己的英語能力。」

「這倒也是。」

我高中時的升學指導老師也說過，要成為研究人員就得出國留學打開視野。我心想，這真是一個嚴酷的世界，一旦英語不好的話就很難跨進國際領域。

「對了，順便請教一下，妳在從事什麼樣的研究？」

「我們研究室在進行病毒的研究，」她用手指輕輕壓了下嘴唇。「不過，我從事的是基因治療的研究。我的研究目標是把病毒植入人體來重組基因，並取代那些造成疾病的基因。」

「哇，聽起來好厲害。」

「嗯，不過這是個很困難的目標。目前，我還是處於基礎研究的階段，而且就算再過十年，可能也還沒辦法導入臨床應用。」

「這種工作聽起來確實很困難，妳從一開始就打定主意要從事這種研究嗎？」

「不是。東科大有開辦醫檢師的課程，我原本是想要在畢業後很快地找到工作，所以才會選擇專攻這門課，而且我還刻意選了一間看來比較不會那麼辛苦的研究室。我們研究室的人很少吧？這個領域從以前開始就不太吸引人，所以研究室也不太容易找到學生。」

「我聽說研究室裡只有一名研究員和三名學生，而三名學生裡頭又以長瀨的資歷最為年長。」

「嗯，香穗里比我大一歲，目前在上博士課程的第二年。東條比我小一歲，目前在上碩士課程的第二年。這兩年，我們研究室都沒有找到任何學生，而且在這之前的三年，研究室每年也都只找到一名學生。」

「研究室的人數這麼少的話，每個人不就得分攤很多雜務？」因為我有親身體驗的關係，所以才會得到這種結論。

「沒錯，我們每個人都要分攤很多的工作，所以這份工作比我原先想像的要繁忙許多。不過，也因為自己得要獨力完成所有工作，因此工作反而變得蠻有趣的。結果，我也就不知不覺地在這間實驗室待到攻讀博士學位。不過，這間研究室的氣氛很好，高本副教授的外表雖然看起來有點奇怪，但私底下卻是個既開朗又有趣的人。」

聽到這裡，我腦中立即想起高本副教授那頭長髮和褐色肌膚。他的外表的確很難讓人和副教授聯想在一起，不過我倒是可以認同他不是個壞人的說法，因為他給人的感覺就像個在海邊經營渡假小屋的大叔。

「芝村？」

「嗯？」

「我覺得你的聲音蠻好聽的。」

「聲音？」她突然誇獎我的聲音，讓我感到一頭霧水。「我還是第一次聽到別人誇獎我的聲音。」

「畢竟每個人對聲音的看法不同，」她笑了笑。「不過，我真心覺得你的聲音蠻好聽的。你的聲音好像會讓人感到平靜和安心。」

「不管怎麼說，還是很謝謝妳的誇獎。」

我有點害臊地答謝，她卻突然在走廊上停下腳步。

「怎麼了？」

「我想拜託你一件事，你就把這當成是在開玩笑好了。你能不能說一次：『我愛你』？」

「啊？」

雖然齋藤已經事先說了要我把這當成是在開玩笑，但這種話終究還是很難說出口，而且齋藤一臉期待的表情更讓我很難把這當成是在開玩笑。

我僵立現場不知該如何是好時，手機剛好震了起來。掏出手機後，發現來電者依舊是桐島教授。我有如得救似地立刻接起手機。

「是我，你影印好了嗎？」

「還沒。」

「那好，我這邊有另一份論文要你順便幫忙影印。」

「好，等一下，我拿筆和紙。」

我迅速抄下論文的標題後，掛斷電話。

「你去圖書室就是要影印論文嗎？」

「嗯，我有個朋友要我幫忙影印論文。」

「那你最好快一點，因為午休時間就快結束了。」

這通電話救了我，我不用再煩惱該如何應付齋藤，而她似乎也不打算再提起剛才的事。這時，我心裡不禁開始感謝起桐島教授。

當天下午，我為了購買教科書而前往大學正門旁的圖書部。

圖書部的隔壁就是學校的合作社。我一靠近正門，便被現場的人潮給嚇了一跳。圖書部裡門庭若市，等待結帳的人龍甚至排到了門外。

由於我並不急著買書，想說明天再來買好了。轉身準備離開時，發現飯倉坐在合作社前的一排自動販賣機旁。

「飯倉！」飯倉聽到我的叫聲後，無精打采地抬起頭。

「……芝村，你來買教科書嗎？」

「嗯，不過人太多了，我打算改天再來。」

「應該都是新生吧！」飯倉一口氣喝完手上的能量飲料後，搖搖頭說。「如果可以透過網路購買就好了。」

「是啊！」我點點頭，並在他的身旁坐下。

「上次的事真的很抱歉。」

「……沒關係，是我邀請得太突然了。不過，我自己也是突然接到我叔叔的邀請。」

飯倉一副有氣無力的樣子，看起來就像剛去工地搬了一上午的磚頭似的。

「你看起來好像很累……你還好吧？」

「不太好，」飯倉苦笑著說。「我昨晚醉到幾乎無法走路。」

「聽起來真的很慘!那你是怎麼回家的？」

「我叔叔好像經常找同事去他家喝酒，他家是一棟很寬敞的洋房，常有人在他那裡留宿。所以我昨天也就留在他家睡覺。」

飯倉笑了一下後，咳嗽了起來。

「你的氣色真的很不好。」

「……我從昨天開始就一直感到全身無力。我懷疑是不是昨天穿得太少，所以感冒了。」

飯倉搖搖晃晃地站起來，把他手上的空瓶丟進一旁的垃圾桶，但這時的他做起這個簡單的動作竟顯得有點吃力。

接著，我發現他的左耳下方有一塊彈珠大小，已經呈現紅黑色的橢圓形瘀青。

「你知道你脖子上有一塊瘀青嗎？就在這裡。」

我指著自己耳下的部位，飯倉一臉疑惑地伸手摸著自己的脖子說：「是嗎？」

「嗯，看起來好像很痛的樣子。你沒感覺嗎？」

「你不說我還不曉得……因為我並沒有感覺到疼痛。」

飯倉搖了搖脖子後，嘆了口氣。

「該不會是被吸血鬼咬的吧？」

「吸血鬼？什麼意思？」

飯倉尷尬地笑了笑後，說：「沒什麼，我只是在開玩笑……其實，我也是來買教科書的。只是我覺得身體不太舒服，沒有力氣排隊。我還是改天再來買好了。」

「你回去的時候，要不要順便去掛個門診？」

「沒那麼嚴重啦！」飯倉虛弱地笑了笑。「睡一覺就好了。」

「可是……」

「別那麼大驚小怪……好啦，如果我睡一覺還沒有好一點，我就去看醫生。」

飯倉說完後，手一揮就緩緩地走了。

7 四月十五日（星期日）

會發生這種事，大概是因為我太累了。

星期六晚上，我翻著學校分發的教學大綱，煩惱於自己到底該選修哪些專業科目。下星期就要開始上專業科目，所以我得在這個周末決定好自己究竟要選修哪些科目，但由於科目繁多，所以當我挑選完準備上床時，已經是凌晨三點多了。

大概是因為還不習慣大學的生活，再加上打工的關係，所以才會感覺那麼疲累。儘管我設定了兩個鬧鐘，還是睡過頭了。

隔天我醒來後，驚訝地發覺時間已經是早上十點多。雖然早上沒課，卻已經錯過了打工的時間。心想，桐島教授一定還沒吃早餐，因為她的便當還放在一樓的倉庫。雖然實驗室有存放一些包裝食品，但教授不喜歡吃這些東西。儘管她沒有明講，但我想大概是她這年紀的老人不習慣這些加工食品的味道吧。

我心想，如果我裝作若無其事地走進實驗室，教授不知道會有什麼反應？雖然無法知道結果，但光想到教授用她那銳利的眼神瞪著我……我的背部就開始冒出冷汗。

這時只能儘快趕到實驗室了。我換好衣服後，沒有盥洗便急急忙忙地跑出公寓，騎上腳踏車衝向學校。

太陽被一塊厚厚的雲朵遮掩，偶爾露出的身影看來彷彿在天空中窺視著地表。我騎著腳踏車全速前進，很快就變得滿身大汗。不過，這時的我實在沒有心情去注意這種小事。

我匆忙地穿越擁擠的車陣，轉進距離醫院最近的路口，並騎上通往醫院西門的上坡路，隨後穿過西門繞到醫院後方，把腳踏車停靠在牆邊。我跑進倉庫後，立刻衝進通往地下室的電梯。搭電梯時，我更因為電梯的下降速度太慢而感到心急如焚。電梯門一打開，我氣喘噓噓地跑向辦公室。但辦公室門打開時，我整個人愣住了。

「喲，早啊！」

黑須一派悠閒地坐在辦公室裡，一手端著咖啡一手向我揮手。

「咦，你怎麼會……」

「教授打電話告訴我，她肚子餓了。你放心吧，我已經把便當送進去了。」

「哦……」

我調整一下呼吸後，說：「對不起，造成你的麻煩！」我朝著黑須低頭道歉。「其實你可以打通電話給我。」

「沒關係，我想你大概是累了。畢竟你的生活還挺忙的，所以我想說乾脆讓你好好睡一覺好了。教授也沒有因為你睡過頭而感到不高興，所以她才會打電話給我。」

我搖搖頭，在一張辦公椅上坐下。

「……對不起，這是我的工作。研究室支付我薪水，我就有責任做好工作。」

「哇，你挺認真的嘛！東京都知事應該要大力表揚你才對。找你來做這份工作真是再適合不過了，不過老實說目前也沒有其他的『適任者』。」

「嗯……正因為這樣，我更應該要努力做好。」

「你這樣說只會帶給自己更大的壓力。桐島教授對你抱有很高的期待，將來或許除了這些事務性工作之外，她還會請你幫忙做一些實驗。」

「真的嗎？」我倒吸了口氣，問：「我可以嗎？」

「這個嘛，我是個徹頭徹尾的文組人，所以我也沒有辦法判斷這種事。不過，你現在還只是個新生，所以在學習實驗的方法前，你得先讓自己具備一些相關的基礎知識。」

黑須停頓了一下，翹起一根手指。

「不過，這也可以算是一種精英教育，畢竟很少人有機會讓諾貝爾獎得主直接傳授實驗的方法。」

「嗯，這倒也是……」

這麼說來，我現在就好像在一間三星級的高級餐廳從事洗盤子的工作，但只要我有心學習，或許身為主廚的桐島教授就會傳授我一些料理上的秘訣。

這裡已經具備了養成一位研究人員的必要條件，接下來我只要展現自己的決心就行了。

不過，雖然我很喜歡研究的工作，還是會擔心未來找工作的問題。原本，我以為自己可以等到大三的時候再來煩惱這個問題，但目前看來我似乎得要提早下決定了。

「對了，我差點忘了這個。」黑須拿起放在桌上的一個保麗龍盒子。「其實我今天原本就打算來實驗室，因為我得把這個東西交給教授。」

「這是什麼？」

「教授還沒有告訴你，她在從事罕見疾病的研究工作嗎？這個樣本是她研究上的一個重要環節。當病人染上罕見或者不明原因的疾病，而被送到大學的附屬醫院時，院方就會把他們採集的檢體送到教授這裡。不過，院方並不曉得教授的存在，因為包括檢體和情報的交換都是透過我來進行。以後，我想把這個業務也交由你來負責，所以我改天會找個時間介紹你認識醫院方面的負責人。」

「嗯，沒問題。另外，這個病人是染上了什麼疾病？」

「聽說是一位男性病患，他昨天因為高燒昏迷而被緊急送進醫院。院方雖然進行了徹底的檢查，但依舊無法查明他的病因。我要走了，麻煩你待會兒透過傳遞箱把這個盒子交給教授。」

「好。」

接過盒子，黑須突然說：「對了，聽說這個病人也是東科大的新生。」

「哦，」我好奇地看了一眼手上的盒子，但蓋子上沒有任何標示。「我可以知道名字嗎？」

「雖然這會侵犯到病人的隱私，不過我想告訴你應該沒有關係。事實上，我已經開始著手調查患者的名字和背景，以便於查明病因以及確認是否為遺傳性的疾病。不過，話說回來這也是我的專業領域，一下子就完成了相關的調查。今天也把資料帶來了，你待會可以稍微看一下。」

黑須把放在桌上的一份透明資料夾遞給我。

當我看到影印在紙上的學生證時，瞬間楞住了。

照片中的學生戴著一副銀色鏡框的眼鏡，還有著一臉親切的表情。當我把視線移向姓名欄時，我忍不住開口說：「……飯倉。」

「咦，你認識他嗎?那真是太巧了。」

我向桐島教授解釋了自己遲到的原因後，她的表情依舊毫無變化。她撥了撥蓬亂的頭髮，便開始瀏覽我遞給她的資料夾。

「……發高燒到四十度、意識不清、沒有嘔吐但有痙攣的症狀，細菌和病毒的檢驗結果都沒有發現異常。」

桐島教授在閱讀檢驗報告時，突然抬起頭看著我問：「你覺得返老還童後，最大的好處是什麼？」

我想了一下後，回答：「大概是精神會變得比較好吧！」

「我在發病前的精神狀況原本就不錯。事實上，我覺得最大的好處是這種病治好了我的老花眼，我現在可以不用戴眼鏡了。」

接著，她又問：「這其實是一個很單純的問題，」教授資料夾丟到桌上。「返老還童究竟會對人的身體帶來多大的影響？也就是說，它只會影響人的外表，或者是連體內的組織也會隨之產生變化？」

「我已經做過了完整的檢查，而從結果來看，我受到影響的部位不只是皮膚，而是我的所有器官全都年輕到了十幾歲的年紀，也就是我的肺活量、骨質密度、聽力和視力等所有細胞全都年輕化了。」

「聽起來真的很神奇，」我想，只能用奇蹟來形容發生在桐島教授身上的事吧。「那麼，飯倉的身體又是出了什麼問題？」

「嗯，我得進行詳細的血液分析後才會曉得。」

「他好像正在發高燒，不知道他的病能不能治得好？」

「我沒有辦法回答你這個問題，因為治療疾病不是我的專業。我的工作只在於告訴醫生，這種疾病是否具有傳染性，以便於讓醫生可以採取相應的措施。不過，病人一旦感染上危險的病毒，院方就得將他隔離治療。」

「哦，我懂了……」

雖然我從沒有和飯倉同班，也算不上是很好的朋友，但我還是感到有點難過。

「你好像很擔心他的樣子。」

「我在上星期四時曾經遇到他，那天也就是飯倉發病的前一天。當時，他看起來就一副很疲累的樣子，而且他也告訴我，他感覺到不太舒服。如果當時逼著他去看醫生，或許病情就不會惡化到這種地步。想到這，我就覺得很後悔。」

「你怎麼擔心也沒用，以現在的狀況來看，就算再厲害的醫生也無法判斷他得到什麼疾病，再說，他也有可能只是感冒了。」

「嗯……」

我咬著下唇點了點頭。儘管教授試著安撫我，但那種後悔的感覺依舊糾纏著我。隨後，我的腦海裡更開始浮現六年前的景象：救護車、病房、氧氣罩、點滴、病人服。

桐島教授輕聲說：「看來你還是沒有辦法不去想這件事，想不到你的個性這麼固執。」

「對不起。」

「沒關係，這也不是什麼壞事。」

教授說完後，抬起左手托著下巴。

「不過，你其實可以在這件事上出一點力。」

我皺著眉頭說：「可是我不會做實驗。」

「我不是指實驗的事，實驗室的工作是我的事，征十郎則是負責調查患者的生活背景和成長過程。不過，雖然有可能只是白忙一場，如果可以了解患者在發病前所接觸的人事物，應該有助於找出疾病的來源。」

「沒關係，我可以幫忙做這些調查。」我急忙說。「如果我什麼事也不做的話，只會一直感到很愧疚，所以就算是白忙一場也沒關係。而且……」

我停頓了一下，因為我突然想到一個很令人擔心的結果。

「如果他感染上的是一種具有高度傳染性的疾病，可能會對學校帶來很大的影響。」

「你說的對。」

桐島教授用力點點頭。

「二〇〇九年的新型流行性感冒，雖然是發生在墨西哥和美國，但在很短的時間內就迅速傳播到全世界。二十歲以下的青少年很容易感染流行性感冒，所以一旦遇到這種情況，最重要的就是盡快採取對應措施。我被隔離在這間實驗室就是一個很好的例子。」

桐島教授將她的右手伸出白袍的口袋，拍了拍我的肩膀。

「你的工作不只是一種調查，也是很重要的疫學研究。」

第二章

And God said unto Noah,

The end of all flesh is come before me; for the earth is filled with violence through them; and, behold, I will destroy them with the earth.

上帝就對諾亞說：

「人類的結局到了，因為他們惡貫滿盈，

所以，我要把他們跟大地一起毀掉。」

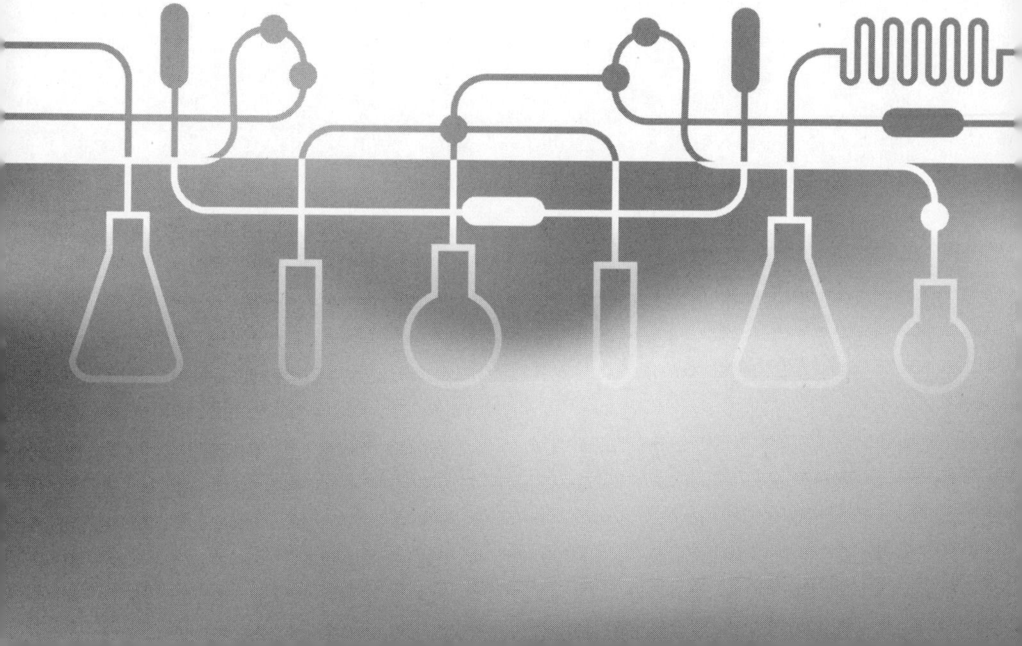

1

四月十六日（星期一）①

大學生活第二週，我開始針對飯倉的生活進行調查。

話雖如此，但我並不具備像黑須那樣專業的調查技巧，也沒有那麼多的時間，只能詢問飯倉周遭的朋友來獲取一些相關情報。首先，我從飯倉的同班同學久馬開始著手調查。

午休時，我早久馬一步來到食堂等他。他端著咖哩飯走向我時，儘管沒有刻意打扮，看來卻依舊像是個散發著清爽氣質的男模特兒。

體型高大的久馬坐下後，先喝了一口水。

「你在信上說要問我飯倉的事？」

「嗯，他上星期五的時候看起來怎麼樣？」

「他上星期五請假，所以我沒有遇到他。而且，他今天也請假。」

「你知道他住院了嗎？」

「不知道，」久馬的表情變得凝重。「你是從哪知道這件事的？」

「我是在打工時偶然聽到的。」

「嗯，你說過你在大學醫院打工。那，你知道他得到的是什麼病嗎？」

「還不清楚，不過聽說好像不是一般的感冒，所以我正在調查飯倉的生活習慣。」

「我倒是沒有發現他生活習慣上有什麼問題。」

「那他在班上有沒有特別要好的同學?」

「飯倉總是獨來獨往,所以沒有什麼特別要好的同學。」

「那從其他同學口中大概也問不出什麼情報了。」

隨後,我想起我告訴飯倉,他脖子上有淤青時,他小聲地說自己可能被吸血鬼咬了。我告訴久馬這件事後,久馬歪著頭摸了一下自己的脖子。

「我是上星期四才看到他脖子上出現瘀青。你那天有看到嗎?」

「我那天沒有注意到他的脖子上有沒有瘀青,不過我確定在那天以前,也就是創校紀念日,他的脖子上沒有瘀青。而且,那天他雖然有談到同樂會的事,但卻沒有提到你所說的吸血鬼。」

我們在星期三中午一起去抽血時,曾經相處了三十分鐘左右。如果飯倉的脖子上有瘀青的話,我們應該會察覺到才對。因此,飯倉的瘀青應該是發生在星期三晚上一直到星期四傍晚,而這段期間飯倉只有去……

「星期三晚上,研究室不是有舉辦同樂會。」看來久馬也想到了同一件事。「你可以去問當晚的與會者,看他們是否有看見飯倉脖子上出現瘀青,以及飯倉是否有提起過吸血鬼的事。」

「嗯,那我先去問高本副教授好了。」

「你要問我的事已經問完了吧。接下來,」久馬把手上的湯匙指向我。「你是不是該考慮一下是否要加入社團了?」

「不行,我最近一直在忙打工的事,所以實在沒有空再去想這件事。」

「好吧!不過,我已經加入一個社團了,所以你日後如果要參加社團時就不用問我了。」

「是喔?你加入了什麼社?」

「坐禪社。」

「坐禪社?」我拉高音量。「不會吧!你什麼時候開始對這種活動產生興趣?」

「我本來就很有興趣,而且我是經過親身體驗後才決定加入這個社團。坐禪是一種很有趣的活動,它可以幫助你拋下雜念跟內心進行自我對話。有空的話,你也可以來試試看,或許也可以經由坐禪達到無我的境界。」

久馬一臉興奮的表情看來與平日冷漠的樣子判若兩人。

「你們社團的活動地點是在校園裡嗎?」

「嗯,學校不是有一處『體育專區』?我們的活動地點就在專區內武道館二樓的和室。」

體育專區位於學校的東側,那裡設置了許多的運動設施。雖然我知道那裡面有棒球場和足球場,但不曉得那裡也有武道館。我想,武道館大概是用來讓學生從事柔道和劍道等競技類運動的場所吧。

「坐禪時是不是會有人拿著細長的板子拍打你的肩膀?」

「不會,我們只是彼此圍成一個圓圈打坐,所以不會有人在你背後督促你。」

「哦,我懂了。」

隨後,我開始一邊吃著炸竹筴魚一邊想像久馬穿著僧袍,和一群人圍坐在榻榻米上打坐的情景。

那天的下午第三堂課停課,我前往理學院的二號大樓,打算詢問高本副教授有關於飯倉的事情。

雖然沒有預約,但我想他是研究室的負責人,應該可以在研究室找到他才對。結果他似乎不在辦公室,儘管我敲了幾次辦公室的房門,卻始終沒有人回應。

正當我猜想自己可能白跑一趟時，聽到背後傳來房門打開的聲響。我轉頭，看到長瀨從實驗室裡探出頭，她今天的臉色看起來依舊如同嬰兒般紅潤。

「妳好，謝謝妳之前的幫忙。」我朝著她微微點了下頭。

「哪裡，我才要謝謝你。很感謝你的捐血。」

長瀨露出一臉愉快的神情。

「你該不會是想再來抽血吧？做為實驗用途的捐血，一個人只能捐一次喔！」

「我不是來抽血。我是來找高本副教授。」

「哦……」

她回頭看了一眼實驗室。實驗室裡，東條正在認真地做實驗，但沒有看到齋藤的身影。

「……他大概是去吸菸區了。他經常去那裡抽菸。」

聽起來高本副教授似乎是個菸癮挺重的人。長瀨告訴我，吸菸區位於這棟建築物的後方。我向她道謝後，從實驗室走回大廳並轉向後門。

大樓的後院裡零星種植了幾株櫟樹和樟樹，一旁則有一座只簡單設置了一張圓桌和幾排長椅的涼亭。我發現高木副教授正輕鬆地坐在長椅上，朝著他喊了一聲。

「咦，你是之前和佑介一起來抽血的那位……」

「我是芝村。謝謝你上次的幫忙。」

「哦，芝村。怎麼了，你在找我嗎？」

「嗯，請問你知道飯倉向學校請假的事嗎？」

「我知道，他其實是住院了。情況蠻嚴重的，如果我沒有發現並叫救護車的話，後果真是不堪設想。」

聽起來，高本副教授似乎知道一些事。我在他的斜前方坐下，問：「當時是什麼情況？」

高本副教授吐出一口煙，在不銹鋼製的圓柱形菸灰缸上彈了下菸灰。

「兩天前的星期六，我姐姐，也就是飯倉的媽媽，打電話給我。她說，她從星期五晚上開始，打了好幾通電話給飯倉，但飯倉都沒有接電話。我是先試著傳簡訊給他，結果也是沒有回應。所以，我只好直接去他住的公寓找他。」

「然後呢？」我問。

「我知道就算打手機也沒用，因此就直接敲他的房門，還是沒有回應。試著扭動門把後，發覺房門沒有上鎖。那時還想說，他怎麼會那麼粗心……結果打開房門，他躺在床上睡覺。但我後來仔細一看，他的臉孔漲紅，呼吸急促。我急忙替他測量體溫後，他的體溫竟然超過三十九度。我心想情況不妙，便趕緊打電話叫救護車。接著，就是你知道的情況了。」

我內心開始感到自責。我見到飯倉時，他告訴我：「睡醒後，如果還是感到不舒服，我就去看醫生。」沒想到才過了一天，他竟然就虛弱到無法獨自前往醫院。

「你不用太擔心，也許他只是染上了嚴重的感冒……」

「可是，聽說不是感冒。」

「是嗎？」高本副教授露出驚訝的表情。「你怎麼知道？」

我在不小心說溜嘴的情況下，急忙找了個理由：「其實，我也是從醫學院的朋友那裡聽來的。他偷偷告訴我，我有一個同學因為不明原因住進了醫院。」

「依照醫院的規定，工作人員是不可以對外透露病人的病情的。」

「他有告訴過我不能對外透露。」

「不管怎麼說，這種行為實在不太好。至於原因不明，是不是因為院方還沒有進行詳細的檢查？」高本副教授看著我問。

「聽說院方已經做過詳細檢查，不過直到目前為止還是找不出病因。」

「看來該做的工作都已經做了，那你來找我是為了什麼事？」

「我想要調查飯倉染病的原因，譬如他是不是吃了什麼不好的東西，或者是他有沒有趁著之前的假期出國旅遊。」

高本副教授看著涼亭的天花板，回答：「我不知道他有沒有吃了什麼不好的東西，不過我確定他沒有出國。」

「這樣啊……對了，你送他進醫院時，有沒有看到他的脖子上有一塊瘀青？上星期四，我看到他的脖子上出現了一塊瘀青。」

我向高本副教授指著自己的脖子，他搖搖頭說：「前天見到他時，並沒有看到。」

「這麼說來，他的瘀青在請假期間已經消失了。那麼，你在同樂會時有看到那塊瘀青嗎？」

「也沒有。是說，為什麼你會那麼在意他脖子上的瘀青？」

「因為飯倉曾經告訴我，他那塊瘀青是被吸血鬼咬的……他曾經向你提起這件事嗎？」

「怎麼可能有這種事，」高本副教授笑著說。「他應該是在開玩笑吧。我想他的脖子大概是被昆蟲叮的。」

「嗯，有可能……另外，飯倉曾經提過，你告訴他許多東科大的師生都聽過吸血鬼的傳說。」

「開學前我和祐介碰面時，他曾經向我提起他在公佈欄上看到吸血鬼海報。老實說，我並不曉得東科大是不是有很多人都曾經聽過吸血鬼的傳說，但我研究室的同仁確實時常聊到這一類的話題……不過，我想這裡頭只有一個人真的相信有吸血鬼這種事。」

「有人相信這種事？」

「東條上星期才跟我聊到這件事。如果你想了解吸血鬼的事，可以找他談談。」

「好，我會找時間問他。另外，我想請教一下，聽說上一次的同樂會結束後，所有人都留在你家過夜？」

「是啊，為了讓大家都可以盡情喝酒，我通常會留他們在我家裡過夜，而且這麼做也可以讓所有人敞開心胸地大聊特聊。」

「那隔天，飯倉的樣子看起來還好嗎？」

「我沒有看到他，因為我通常會睡到下午。醒來的時候，所有人都已經回去了。所以，你得問其他人。」

「……嗯。」

高本副教授撥了一下他的長髮後，站了起來。

「時間差不多了。不好意思，我該回研究室了。我要是太過偷懶，長瀨可是會揍人的。平時她雖然蠻和氣的，但可不是個好惹的人。對了，如果你還想知道一些有關於祐介的事，我可以幫你問一下實驗室裡的其他人。」

「真的嗎？那真是太好了。」

「這只是小事一件。你要不要現在就跟我回實驗室，我們可以花個五到十分鐘問一下其他人。」

我跟著高本副教授回到理學院二號大樓，在衛生疫學研究室的實驗室前遇到長瀨，東條則是像個背後靈似的站在她後頭。

「老師，你這次怎麼休息了這麼久！」

「沒有，妳誤會我了。是因為他跑來問我一些事。」

「芝村剛才也有來這裡找你。」

「我沒騙妳吧！妳還記得之前來這裡捐血的那個新生飯倉嗎？他因為染上不明原因的疾病而在前天住進了醫院。芝村來這裡是想要調查飯倉最近的狀況，所以我就盡量把我知道的事情全告訴他。」

「住院？聽起來好像很嚴重。」

長瀨的表情變得嚴肅，當她一臉認真時看起來似乎也變得比較像是個研究人員。

「飯倉上星期有參加我們的同樂會，所以芝村想來這裡找我們聊一聊，或許他曾在無意間透露了他生病的原因。」

「這樣啊！我剛好要和東條開會。你叫芝村吧？你要不要也來參加我們的會議？」

「哦，那我也參加你們的會議好了。」

高本副教授說完後，準備走向會議室時，長瀨抓住他的肩膀說：「老師，辦公室得要有人留下來接電話。」

「哦，說的也是。」

高本副教授抓了抓頭後，走進事務室。看來長瀨果然是個蠻強勢的人，難怪高本副教授會說她不好惹。

「好了，我們走吧！」

長瀨說完後，轉身往另一頭走去。站在她後頭的東條，這時小聲地對我說：「辛苦你了！」雖然他的外表看起來有如一座摩艾石像，想不到他的個性倒是蠻體貼的。

走廊底有一間房間的門口掛著「會議室」的牌子，房裡有一張長桌，周圍擺了十張左右的椅子。

「芝村，現在你可以提出你的疑問了。」

我等長瀨和東條坐下後，才拉了把椅子坐下來。

「我想，我先簡單描述一下事情發生的經過好了。高本副教授的姪子，也就是我的同學飯倉，上星期六因為不明原因的疾病住進了大學的醫院。這件事，我也是從醫院的朋友那裡聽來的。由於病情很嚴重，而且一直沒有改善的跡象，所以我才會想要幫忙調查他發病的原因。」

「飯倉是不是那個感覺起來很安靜的男生？」長瀨問。

「嗯，我想你們應該都有看過他。」

「他上星期有來參加我們的同樂會，想不到他還蠻喜歡參加活動的。」

「其實，他不是自己想來，而是老師在同樂會開始後才打電話硬要他來的。」東條解釋。

「哦……」長瀨不斷地按壓手上的自動原子筆，讓會議室裡持續響起喀喇喀喇的聲音。「他是從什麼時候開始感到身體不舒服？」

「我上星期四碰到他時，他的臉色看起來就很不好。隔天，他就向學校請假，並在星期六住院。」

「他的病情跟同樂會有關嗎？」東條皺起眉頭，他的眼睛幾乎瞇成了一條線。

「這也是我想調查的事。同樂會時，他的樣子看起來還好嗎？」

「他只是一直靜靜地坐在一旁喝酒……」東條說到一半，突然轉頭看著長瀨。「我知道他還未成年，妳不用再提醒我這件事了。」

「我沒說什麼，而且我自己當初也是如此。」

兩人的對話聽起來有點奇怪，因此我問：「長瀨沒有參加那天的同樂會嗎？」

我一說完，實驗室立刻陷入一片沉默。長瀨表情僵硬地低頭看著桌子，東條則是尷尬地把臉轉向一旁。

我不禁想著，怎麼了？我的問題應該不會很奇怪吧！

過了幾秒後，長瀨終於開口：「因為某些原因，我已經有一陣子沒有參加同樂會了。」

「哦，原來如此。」猜想如果再追問下去只會讓氣氛變得更僵，因此我帶著求救的眼神轉向東條。「飯倉那天看起來還好嗎？」

「嗯，他那天基本上都是在聽大家說話。並沒有參與大家的話題，也沒有主動提起別的話題。」

「這樣啊，那他有喝醉嗎？」

「我那天也喝了很多酒，所以到最後也是醉醺醺的。不過，我記得同樂會結束時，他已經醉到連站都站不穩了。」

「那隔天呢？我聽說所有人那天都睡在那裡。」

「這個嘛——」東條舉起手按著太陽穴。「我好像沒有看到他，因為我那天睡到很晚才起來。我們是一人睡一間，所以實在不太清楚後來的情況。」

「哦……」

到目前為止，我問到的情報都和飯倉的疾病無關，但我還是想再問一個問題。雖然我明知這個問題大概也不會有答案，但至少可以釐清我內心的一些疑惑。

我輕輕咳了一下後，問：「同樂會時，你有發現飯倉的脖子上有淤青嗎？」

「有嗎？我沒有印象。」

「飯倉曾經對自己脖子上的瘀青提出一種很奇怪的說法。他有在同樂會時提起這件事嗎？」

「他說了什麼？」

「他說他脖子上的瘀青可能是被吸血鬼咬的。」

「吸血鬼？」東條那雙瞇瞇眼瞬間睜大。「真的假的？」

我點了下頭後，東條接著說：「想不到真有這種事。真壁住院後，也說……」

他說到這裡突然像被電到似的，轉頭看著長瀨。長瀨則是皺著眉頭，緊閉雙唇，手上的原子筆正在微微地抖動。

「妳聽過吸血鬼的事嗎？」我小聲地詢問長瀨。

但長瀨一直沉默不語，一旁的東條則是偷偷地朝著我搖搖頭，似乎是暗示我別再往下問了。

過了一會，長瀨嘆了口氣，帶著僵硬的笑容問：「你還有什麼想問的嗎？」

「沒了。」

我感到現場氣氛變得有點尷尬，便很快地站了起來。

「不好意思，擔誤你們不少時間。我把我的電話留給你們，如果你們有想到什麼事情的話，再麻煩跟我聯絡。」

我把自己的手機號碼寫在一張小紙條後，急忙走出會議室。

走到理學院二號大樓的玄關時，我看見齋藤正從玻璃門的另一頭走進玄關。

她看到我後，快步地走進大廳。

「你又來圖書館找資料嗎？」

「不是，今天來這裡是為了別的事。」我心想，正好可以問她飯倉的事。「我可以請教妳一件事嗎？」

我先告訴她飯倉住院的事，接著又告訴她關於吸血鬼的事。

「不好意思，我沒有注意到他脖子上是否有淤青，而且我隔天早上六點多就離開了……」

「那妳有沒有聽過飯倉提起吸血鬼的事？」

「沒有聽過他提起這件事。」

「嗯，不好意思，我好像問了很奇怪的問題。」

這時，我發覺上課時間快到了，向她道歉後就朝門口走去。

「對了……」

我突然想到一個名字，因此又轉過頭問：「我剛才和大家聊天時，聽到真壁這個名字。妳認識這個人嗎？」

齋藤一聽到這個名字，便驚嚇得舉起右手摀住嘴巴。

「怎麼了？」我回頭跑向她。

她虛弱地微笑了一下後，說：「沒什麼，去年以前，真壁還是我們研究室的同仁。」

我問齋藤，真壁是否是個男生？齋藤點頭並說：「嗯，他的全名是真壁俊樹。」

「他是妳的學長嗎？」

「嗯，去年他還在就讀博士的第三年。」

「那，他畢業了嗎？」

「沒有。去年秋天他因為生病住進了醫院。」

這個意外的消息讓我頓時感到背脊竄起一股涼意。

「他該不會還在住院吧？」

齋藤閉上眼睛，一臉痛苦地搖了搖頭。

「他因為不明原因的高燒，變得愈來愈虛弱……最後在醫院裡去世了。」

我突然感覺眼前一黑，心跳也開始加速搏動。

我憂心地想到，染上不明疾病的飯倉會不會也和真壁一樣演變成那種不幸的結局。

正當我思考著該說點什麼時，齋藤突然走向我，貼得很近讓我感到有點尷尬。

「怎麼了？」

「我不想看到去年的事件在飯倉的身上重演，所以讓我幫你，好嗎？」

齋藤一臉嚴肅地看著我。

我在感覺壓迫的情況下，不禁點頭說：「好！雖然我自己也不曉得可以幫他做點什麼，但我想有妳幫忙，事情一定會順利多了。」

「其實我的力量有限，但我一定會盡全力幫你。」

齋藤靦腆地笑了笑後，輕輕地握著我的手。

「飯倉有你這樣的朋友真的很幸運。」

「哪裡，我也還沒有幫上什麼忙。」

齋藤的笑容再加上她那雙柔軟的手讓我的內心開始動搖，這讓我變得更加不敢直視她的眼神。

2

四月十六日（星期一）

傍晚，我一如往常地走進醫院後方的小屋時，看見房間中央擺著一個大紙箱。

收據上寫著內容物是衣物，立刻想起這裡頭裝的應該是桐島教授的衣服，因為她曾經說過自己會定期採購替換用的衣服。由於黑須在交接手冊上交代「物品在搬進地下室前，必須先打開來確認」，因此我撕開封箱膠帶並檢查裡頭的物品。我拿起擺在箱子最上層的白色T恤後，發覺底下放的是女性內褲。

「……咦？」

我乍看之下感到有點奇怪，這些內褲並不是教授習慣穿的阿嬤內褲，而是普通的白色女性三角褲。我不禁疑惑地會不會是下錯單了。如果是下錯單，我就得先辦理退貨，因為一旦搬進了實驗室就無法運出來了。

我拿出手機打給黑須。「喲，真難得啊！想不到你會打電話給我。怎麼了，有什麼事？你是要尋找失蹤人口、抓姦、找出竊聽器，還是想找回你家的小狗？」

「都不是，我不是要談偵探的工作。」

我很擔心黑須會繼續東拉西扯，因此趕緊向他說明紙箱裡的內褲。

「事情就是這樣。廠商是不是寄錯貨品了？」

「沒有，那些東西是我訂的沒錯。前幾天，教授打電話告訴我，她想試穿一些比較符合潮流的衣物，所以我就幫她訂了那些內褲。」

「原來如此……可是，她為什麼會突然想要改變自己的穿著？」

上星期，教授才向我大力讚揚阿嬤內褲的好處，怎麼才過了幾天就出現了這樣的改變。

「我怎麼知道！」黑須帶著調侃的口吻。

「對了，箱子裡應該還放了一些胸罩才對。你幫我確認一下！」

我聽完後，開始翻動箱子裡的衣物。「啊，我找到了。不過，數量好像變多的耶！」

「沒錯。因為教授沒有買過胸罩，我也不曉得她的尺寸，所以我就多訂了一些尺寸讓她試穿。那些胸罩都是一些便宜貨，所以不合穿的你就直接丟掉吧。」

「教授以前都不穿胸罩的嗎？」

「好像是。」黑須吞吞吐吐地說。

「我不曉得她年輕時有沒有穿，不過年紀大了之後，好像就習慣不穿。畢竟我是個男人，不是很清楚這種事。我想，大概是因為穿胸罩很麻煩吧。而且，她總是單獨待在實驗室裡，所以也不需要去顧慮其他人的眼光。不過，如今的她已經變成一個美少女，而實驗室裡又多了一個血氣方剛的年輕人。如果她再不穿著胸罩而只穿著T恤和白袍的話，我擔心會帶給你太強烈的刺激，所以我有勸她在T恤底下再加穿一件胸罩。」

「哦……」

「你幫我跟教授說，我下次可以幫她買一些漂亮的衣服。」

「有需要嗎？」

我心想，教授又沒有要穿給誰看，衣服樸素一點也沒什麼不好。

「說的也是。不過，她也許會想要穿比較好看的衣服，所以你還是幫我問一下好了。搞不好她的身體變年輕以後，她的心也跟著變年輕了。不管怎麼說，年輕女孩總是比較喜歡穿可愛的衣服，所以還是麻煩你問一下好了。」

黑須一陣劈哩啪啦地說完後，就立刻掛斷了電話。

下午六點半，我為了向桐島教授報告今天的調查結果，換上白袍走進實驗室後，看見教授坐在座位上低頭看著筆記型電腦。

「教授，妳在忙嗎？」

「還好。」

教授似乎正在上網。她關掉瀏覽器的視窗，坐在椅子上轉過來看著我。

我心想，教授不愧是諾貝爾獎的得主，我上次只簡單教她一些電腦的操作方式，想不到她這麼快就學會了。或許，正因為網路上蘊藏豐富的知識，只要懂得如何利用網路檢索，大部分的問題都可以在網路上找到答案。

「怎麼了？」

「我已經詢問了一些最近有和飯倉接觸過的人……」

我向教授報告自己從研究室得來的情報。

「這麼聽起來好像沒什麼特別有用的情報，倒是吸血鬼的事……」

「這是飯倉自己說的，而且大學裡面確實也有這種傳言，搞不好這跟他的病確實有關係……」

教授從實驗台拿起一塊名片大小的塑膠片後，側著頭嗯了一聲。

「大學裡面經常會有一些奇怪的傳言。我在當教授時，學校裡也流傳著七種不可思議的事，而且每種傳言都各有一群深信不疑的人，但我還是覺得那些傳言太過虛幻。」

「教授，妳手上拿的是什麼？」

「哦，大概是因為你從沒去過醫院，所以才會不曉得這是什麼東西吧。這是市售的病毒檢驗試劑，只要把從病患身上採集的血液滴在這上面，幾分鐘後就可以知道病患是否有遭到病毒的感染。」

「飯倉應該有做過這種檢查吧？」

「嗯，不過血液的狀況每天都會有變化。如果他生病的原因是病毒感染的話，那他身上的病毒數就會隨著時間逐漸增加，這時有些原本沒有被檢出的病毒就會逐漸現形。對了，你對於免疫了解多少？」

「不好意思，我只稍微懂一點，但不是很清楚，因為我高中時沒有選讀生物。」

「那我稍微跟你解釋一下吧。」

桐島教授要我在她身旁的椅子坐下。當我想到諾貝爾獎得主即將親自替我上課，不禁感到異常振奮。

「如果要詳細說明的話，可能得花上好幾個小時，而你也會聽得很吃力，所以我只簡單跟你說明一些基本知識。首先，免疫可以分為先天性免疫和後天性免疫。抗原抗體反應是屬於後天性的免疫反應，而免疫反應的主角就是抗體。」

桐島教授補充說明抗體是一種由B淋巴細胞所分泌的物質。

「無論是構成病毒外殼的蛋白質或者是病毒複製時所產生的蛋白質，都不是人體原有的物質。人體遭到病毒入侵時，我們的免疫系統會立刻啟動辨識這些外來物質，稱之為抗原。這時，分佈於B細胞表面的免疫球蛋白就扮演著識別病毒的角色，而這種免疫球蛋白也是組成人體抗體的主力軍。」

「原來如此，我原本以為人體本來就存在著抗體。」

「你這麼想也沒錯。因為可以辨別出抗原的抗體，的確是經由具有免疫球蛋白的B細胞所演變而成。B細胞在與抗原接觸後便會激活初次的免疫反應，並且分化出記憶細胞，因此只要曾經侵入人體的抗原再次入侵時，人體就可以立刻製造出相對應的抗體。」

「這麼說來，三年前爆發的流行性感冒，老年人的感染率比較低是否就是因為他們曾經感染過相同的病毒，因此他們的身體已經具有免疫的能力。」

「嗯，那場流行性感冒和一九一八年在西班牙爆發的感冒是同一種病毒。從這件事也可以了解到，人體的免疫反應會一輩子伴隨著我們，而疫苗接種的原理便是利用接種抗原的方式來讓人體製造出抗體。」

桐島教授展開兩手的手指模擬出如同海葵的形狀。

「抗體是一種如同這種形狀的蛋白質，而為了準確辨識各種抗原，不同抗體有著不同的氨基酸結構。利根川進⑤便是以抗體的跨領域研究成果獲得諾貝爾獎的肯定。從這個角度來看，人類的抗體真的很聰明，它就像是一個會自動尋找並攻擊敵人的魚雷。」

「以我為例的話，我的免疫力比一般人好是不是就是因為我的體內有很多抗體？」

「不是，你的情況不同。你是因為先天性免疫系統中的巨噬細胞、自然殺手細胞和嗜中性球極為活躍的關係，免疫力才會比平常人好。你的體內就好比擁有一群隨時在街上巡邏的武裝機動部隊，因此你不需要等待身體製造出抗體，便可以很快地消滅那些入侵者。不過，一旦遇到緊急的情況，你體內那些活躍的T細胞

⑤利根川進（1939-）是日本生物學家，曾於一九八七年獲頒諾貝爾生理醫學獎。

和B細胞，也會製造抗體來攻擊入侵者。」

我想我的身體對於病毒和細菌而言，一定是個很險惡的居住環境，因為比起經過徹底消毒的醫院，我的身體甚至還會積極地攻擊它們。

「我們剛才談到哪了？」

教授說完後，伸手拿起放在實驗台上的檢驗試劑。

「我們剛才談到可以辨識出抗原的抗體，對吧？患者血液檢體中的抗原，一旦和這個試劑中的某種抗體發生反應，試劑上就會出現類似肉眼可以辨別的紅線。目前為止，雖然飯倉的血液還是沒有出現反應，不過我還是會繼續從病毒感染的方向來進行檢驗。接下來，我會使用ＰＣＲ（譯注：聚合酶鏈式反應）來增加病毒的數量，以便進行更仔細的檢查。」

或許是焦急的關係，桐島教授伸手抓了抓頭髮。她的頭髮之所以會這麼蓬亂，大概就是因為她時常抓頭髮吧。

「飯倉現在的狀況如何？」

「聽說院方目前是採用退燒藥和點滴來控制他的病情。雖然暫時沒有生命危險，不過情況並不樂觀。在還沒找出病因的情況下，目前也只能採用對症治療，但這種狀況再持續下去的話，他可能就得要一直住院。」

「接下來，我應該要進行哪些調查？」

「大學裡面有沒有其他人出現了相同的症狀？」

「沒有。他的同學和參加同樂會的人，身體狀況都很正常。」

「這麼看來，應該沒有流行性傳染的問題，所以你也不需要再緊張地四處調查了。不過，我想你大概也沒有辦法放心吧。」

教授的表情變得溫和了一點。

「除了打工的時間，我不會干涉你的行動，所以你可以自行決定接下來的調查方向。」

「謝謝教授的關心！」

我向教授答謝時，突然聞到一股很像是混合了水蜜桃和牛奶的柔和香氣。

「咦，好像有一股香味。」

「是嗎？我怎麼沒有聞到？」

「可是，我真的有聞到一股香味。」

我像隻尋找松露的豬般在實驗台的周圍繞了一圈，卻始終無法找到那股香味的來源。不過，我發覺距離實驗台愈遠，香味便會隨之減弱，因此我開始猜想或許那股香味來自實驗用的試劑。我的目光開始搜尋教授手邊的物品，但卻沒有發現任何可能會散發出香味的瓶子。

「你在幹什麼？我要開始工作了。」

「對不起，那股香味實在香到讓我忍不住好奇起來。」

我低頭道歉時，又再次聞到那股香味。

我心想，該不會是……

我稍微貼近正準備開始工作的桐島教授後，發覺那股香味果然來自桐島教授的身體。

「你幹什麼？」

「沒有，教授身上好像有一股很香的味道。」

「味道？」

桐島教授拉開白袍看著自己胸前時，一對鼓脹的雙峰頓時竄入我的眼簾。這時，我才想起自己還沒把胸罩拿給教授，而教授沒穿胸罩的影響力看來似乎蠻厲害的。

這時，桐島教授突然舉起兩手環抱胸前。

她不僅倒退了好幾步，同時還露出一臉驚恐的表情。

我心想，糟了，教授一定是發覺到我剛才盯著她的胸部看。

「對不起，我什麼也沒看到。」

我立即向教授道歉，但她還是憤怒地看著我。「你幹嘛道歉？」

我幾乎快哭出來了。我趕緊走近教授，並說：「對不起……我不是故意的。」

「你不要靠近我！」

教授伸出右手指著我，這讓我覺得自己似乎變成了匪徒一般。

「怎麼了？」

「你不要說話，憋氣，然後往後退。」

由於教授的口吻相當嚴厲，因此我立刻乖乖地往後退了幾步。

「是不是病毒外洩了？」

「不是……不過，這個味道不是可以聞的東西。」

「是有毒的空氣嗎？」

「不是，」教授兩手緊緊環抱胸前，並把頭轉向一旁。「你聞到的味道是我的體味。」

「啊？」

「雖然我自己聞不到，不過我身上似乎會散發出一股氣味。我想，這大概是返老還童的副作用，所以我的身體才會排放出這種不正常的物質……最近，我因為忙著工作而忘了洗澡，所以你才會聞到這種味道。」

「原來是這樣。沒關係，我不介意。」

我怕教授誤會，所以才說不介意，但我其實很喜歡這股味道。我想，只有到了天堂和世外桃源才有可能聞到這麼甜美的氣味吧。

但教授搖搖頭。

「即使他告訴你，他不介意，你會毫不在意地在別人面前脫光自己的衣服嗎？應該做不到吧，因為我們不是動物，而是有理性的人類。」

「嗯，妳這麼說的話……」

「別說了，我要先去洗個澡。你去整理圖書室吧！」

面對教授一臉嚴厲的表情，我只能趕緊點頭答應。我轉身走向實驗室附設的圖書室，一路上總感覺教授的目光似乎正緊盯著我的背影。

黑須曾經大致向我說明了實驗室的設備。圖書室裡擺放了教授實驗上的參考用書籍，以及實驗室指南等的檔案夾。幾天前從理學院圖書室影印的論文應該也是存放在這裡。

一眼望去，整間圖書室顯得異常凌亂。雖然這裡有金屬書架，但大部分的書籍卻是被堆放在地板上。儘管所有書籍的外觀看起來依舊完好，但眼前的狀態實在讓人很難聯想到圖書室這個稱呼。

雖然我在最短的時間裡整理好，但由於這裡存放的書和雜誌全是英文，加上我又看不懂這些書的內容，只能老老實實地按照字母順序擺放所有書籍。另外，為了方便教授查詢，我還在書架上貼上了字母標籤。

一開始作業時雖然感覺很麻煩，但上手後整理的速度便快多了。書架開始逐漸變得整齊，並帶給我莫名的滿足感，因此我便一直埋首於整理書籍的工作。

我一邊哼歌一邊整理書籍，兩小時後原本在地上堆積如山的書籍已經逐漸被我清空。這時，我發現了一本沒有標示書名的書籍。

打開後，裡頭有一張團體照，是桐島教授穿著套裝筆直地站在中央的位置，這時的她還沒有罹患返老還童的疾病。照片上的日期是一九八九年的三月，照片上頭還貼著一張寫著「東京科學大學退休紀念」的標籤。

我心想，教授應該是無意間把這本相簿夾進了這堆書籍，而且這本相簿對她而言應該是很重要的資料吧。

隨後，我在好奇心的驅使下，忍不住開始翻閱那本相簿。

我一邊翻閱一邊想著，這本相簿裡的照片應該有經過刻意編排，因為愈往後翻便是愈早期的照片。裡頭的照片似乎全是畢業紀念照，而桐島教授在所有照片裡全是呈現老人的模樣。

進入六〇年代以後的照片就全變成了黑白照。當時，桐島教授的年紀才三十幾歲，因此她在照片中的樣貌已經逐漸接近返老還童後的模樣。她的頭髮在這時便開始顯得蓬亂，白袍也是皺巴巴的，但她那雙銳利的眼睛還是能讓人清楚感受到她對研究工作的熱情。

看來桐島教授從年輕時就是一個很傑出的人物，難怪可以獲得諾貝爾獎的肯定。接著，我翻到最後一頁。

……這是什麼？相簿的最後一頁，只有中央位置貼著一張照片。照片中，長相和現在一模一樣的桐島教授身旁，站著一個和她長相極為相似的年輕女性。她們兩人都穿著印有家紋的和服，而她們身旁還站著一位長相溫文儒雅的男性。照片上的日期是一九四四年九月。

我目不轉睛地盯著桐島教授的服裝；她的衣服上帶有花與鶴的刺繡，腰間圍著一條帶有華麗花紋的腰帶，頭上戴著白色綿帽。

這種打扮看起來分明是一套結婚禮服，也就是說桐島教授已經結婚了……

仔細想想，這也是理所當然的事。在那個時代，應該很少人不結婚的吧。儘管我這麼告訴自己，但心裡還是莫名地憂鬱了起來。

這時，門口傳來敲門的聲響。

我急忙闔上相簿，轉頭發現桐島教授正一臉疑惑地看著我。她身上的香味已經消失，應該已經洗過澡了。

「看起來整理圖書室好像蠻花時間的，你是不是該下班了？」

「嗯，我剛好也整理完了。」

「這樣啊，那就好。」

桐島教授說完後，關上門走回實驗室。我深呼吸了一下後，一邊摸著胸口撫平緊張的情緒，一邊想著教授應該沒看到吧。

隨後，又覺得自己幹嘛那麼緊張？又不是故意要偷看教授的相簿，實在沒必要把自己搞得一副做賊心虛的樣子。

不過，我從來不曾有過如同此刻的心情，實在不曉得自己到底是怎麼了。

把相簿放回書架後搖搖頭，算了，還是趕快收拾東西回家吧。

番外篇②

那天，「吸血鬼」獨自來到大學的食堂。由於正值晚餐時間，食堂裡擠滿了從實驗中途跑出來覓食以及剛結束社團活動的學生。

坐在他隔壁桌的兩位女學生，正一邊喝咖啡一邊興高采烈地聊天。

「聽說妳正在和一個音樂社團的歌手交往。」

「是啊，他叫比呂。他完全符合我喜歡的男生類型。每次和他在一起，都會心跳加速，而且他站在舞台上的樣子真的是迷死人了。」

「真是夠了，拜託妳別再炫耀了好嗎？想不到妳的動作這麼快……說到這，班上好像只剩下我沒有男朋友。可惡，我也好想遇到帥哥喔！」

「妳可以從今晚開始對著天空祈禱。如果妳看到飛碟的話，只要把妳的願望對著它重複講三次，很快妳就會交到男朋友了。」

「屁啦，妳根本是在呼攏我。」

「妳下個月生日吧？如果妳不想創下二十一年都沒有男朋友的新紀錄，那妳最好把我的話聽進去。」

吸血鬼一邊吃飯，一邊聆聽兩人的對話。

在他心中雖然也有一個可以稱之為愛人的對象，但愛情卻從不曾讓他感到心跳加速，也認為自己永遠不可能再愛上任何人。

直到現在，他的「實驗」始終進行得很順利，也驗證了自己親手製作的「道具」確實可以發揮作用。

隨意填飽肚子後，走出食堂。

沒有時間沉迷於這種無聊的愛情遊戲了，接下來他還得思考如何增加持有印記者的人數。

3 四月十七日（星期二）①

昨晚一直在思考桐島教授的事而輾轉難眠，結果上午的課便始終處於昏昏沉沉的狀態。中午下課後，雖然很想小睡一下，但我告訴過教授我會繼續調查的工作，所以還是勉強打起精神走向理學院二號大樓。

我站在二號大樓的玄關前，看著從早上開始就呈現灰濛濛的天空。根據氣象預報，這種陰沉的天氣似乎還會持續好幾天。

我茫然地站在玄關等了兩分鐘後，看到裡頭走出一個熟悉的身影。眼前的高本副教授並沒有穿著平日的白袍，而是換上了一件灰色西裝。儘管如此，他看起來依舊不像個上班族，反而比較像個只會在夜間出沒的夜貓子。

「喲，你站在這幹嘛？」

「我在等人。老師要去上課嗎？」

「不是，我要去參加一場演講。不過，演講者不是我。」

高本副教授看了下手錶後，說：「我該走了。如果你要找我同事的話，以後可以直接去研究室找他們。」

「好的，謝謝。」

我點頭道謝後，目送高本副教授離開。

「你在看什麼？」

我轉頭後看到齋藤正一臉疑惑地看著我。

「沒有，我剛遇到高本老師。」

「哦……你等很久了嗎？」

「沒有，我剛到不久。」

昨晚齋藤傳簡訊問我，關於飯倉染病的調查上是否有什麼她可以幫忙的地方，因此我便回訊請她幫忙調查吸血鬼的事。她建議我可以去自治會問看看，並表示可以親自帶我前往，因此約在這裡見面。

「不好意思，麻煩妳了。」

「這沒什麼，我也希望自己可以幫上一點忙。」

這時，我突然發現前方的大廳似乎閃過一道白色的身影，但定睛一看，卻又沒有發現任何人影。

「怎麼了？」

「……沒什麼。」剛才好像有人在看著我，是我太神經質了嗎？

我平常打工的大學醫院位於校區的西側，而社團大樓則是位於校區的東側。

我們沿著理工大道往東走了一段路後，左手邊開始出現一道綠色鐵網。過了一會，遠方傳來擊打網球的聲響。接著，是一片人工草皮球場，以及正在場上衝刺的足球社團學生，更遠處則隱約傳來擊打棒球的聲音。

雖然一般人聽到科學大學時，總會認為這裡大概全是一群手無縛雞之力的大學生，但很顯然的這裡還是有一群喜歡從事體育活動的人。

我眺望著球場時，齋藤突然問我：「芝村，你有加入社團嗎？」

我搖搖頭，回答：「我得打工，所以沒有時間參加社團活動。」

「這樣啊，辛苦了。」

「妳呢？妳有加入什麼社團嗎？」

「我加入了自治會，所以我才會說要帶你去。」

她笑了笑後，推了下我的手肘。

「喏，我們到了。」

齋藤指著一棟外觀有如平價公寓似的老舊三層樓建築，或許是因為年代久遠的關係，建物的白色外牆上已經出現一條條的黑色汙痕。

走近一看，我發現每個房間的門上都掛著社團的名牌，包括「東科大漫畫研究部」、「超自然研究會」、「推理小說愛好會」、「東科大益智問答社」等。不難發現這裡似乎全是一些文組的社團辦公室。

「自治會的辦公室位於一樓的右側，每個社團門外都有一塊佈告欄。」

正如齋藤所說，每間辦公室的外頭都佈置了一塊貼滿海報的佈告欄，其中一塊佈告欄上頭還貼著一張提醒學生們注意吸血鬼的海報。

「原來如此，或許我們可以在這裡找到一些目擊者的證言，甚至是遭到襲擊的消息。」

「或許吧！」齋藤微笑了一下後，敲了敲房門。喊了聲「哈囉」，並打開房門。

我跟在齋藤身後準備走進房裡時，聽到裡頭似乎有人被哽住似的發出了一下怪聲。我探頭一看，一個戴著眼鏡的女孩正急忙伸手拿起一瓶茶飲料。喝了一口茶後，喘了幾下。

「呼，差點被噎死……」

似乎正在吃午餐。她把裝麵包的空塑膠袋丟進垃圾桶後，說：「妳好，齋藤學姐。」

「好久不見，社團最近的運作還好嗎？」

「還是一樣很缺人手。」

女孩招呼我和齋藤坐下。我向她道謝後，找了把椅子坐下。這間辦公室的空間大約八坪，牆邊擺著幾座櫃子和一塊直立式白板，牆角的桌上則是擱著一台老舊的筆記型電腦。

「這是我第一次進來自治會的辦公室。」

「我們是一個公開的社團，而我是現任社長，我叫深見，目前就讀四年級。以後請多多指教！」

深見有著娃娃臉的外表，給人的感覺就像個鄰家女孩。

我向她點了下頭，並自我介紹：「我叫芝村，我是新生。」

「新生？」深見睜大眼。「你想要加入我們社團嗎？」

「不，妳誤會了。」齋藤一臉歉意地說。

「那……你們今天來這裡是為了什麼？」

「我們是來這裡詢問有關吸血鬼的事。喏，就那張海報。」

深見點點頭。「哦，原來你們是來詢問吸血鬼先生的事。」吸血鬼先生？她以為我們在聊漫畫人物嗎？

我有點不滿地問：「那是真的嗎？」

「校園裡的確是出現了可疑人物。」

「那個人是怎樣的可疑法？你們既然把他稱為吸血鬼，他應該有一些特徵吧？」

「嗯，有很多種說法，不過大部分的目擊者都說他們看見一個穿著黑色西裝的男人。」

齋藤聽到這裡露出一臉疑惑的表情。

「這很奇怪嗎?那個人也許是學校的職員啊!」

「那個人有點奇怪,」深見一臉嚴肅地說。「他的身材很高大,移動速度很嚇人。再說,明明是晚上他卻戴著太陽眼鏡。聽說吸血鬼很怕日光,所以這應該是一個很明顯的特徵。」

……?身材高大、動作迅速、太陽眼鏡,這些描述讓我聯想到一個人。

「妳知道那個怪人都在哪裡出沒嗎?」

「這個嘛……」深見站起來後,從檔案櫃裡抽出一本厚厚的檔案夾。「大多數目擊者都是在醫院附近看到這個怪人。」

地點也符合,這麼說來……

「這些目睹事件是不是都發生在去年的六月以後?」

「咦,好像是耶。那個穿黑色西裝的怪人的確是在那段時間以後才開始在那附近出沒。」

果然,我不禁暗自嘆了口氣。

從特徵和地點來看,一定是他沒錯。毫無疑問的,他們口中的吸血鬼一定是黑須。他大概是為了處理桐島教授的事,才會被人目擊到他在醫院的附近出沒。儘管沒有惡意,但他的出沒卻還是帶給學生們不少困擾。

黑須不可能攻擊飯倉,所以這應該單純只是飯倉開的一個玩笑,這個結論也排除了一個調查的方向。

我原本還抱持很大的期待,但如今的發現讓我一時間有如虛脫般攤在椅子上,嘆了一大口氣。

我上完第五節課後來到實驗室時,黑須已經來到辦公室了。眼前的他正一邊哼歌,一邊替盆栽澆水,看起來他的心情似乎還蠻愉快的。

「嗨，你來上班啦！」

「黑須先生好！我剛好有件事想要問你。」

「哦，什麼事？」

我在身旁的一張椅子上坐下，開始向黑須報告自己中午從自治會聽來的吸血鬼故事。

他抓了抓下巴，苦笑著說：「天啊！真想不到會出現這種謠言。我穿著黑色西裝是不想要引人注意，不過在晚上戴太陽眼鏡的確是怪了點，看來我在穿著打扮上犯了一個很基本的錯誤。」

自從認識黑須以來，他從不曾在我面前摘下太陽眼鏡，因此我問他戴太陽眼鏡是否是他的個人風格。

「不是。」他搖搖頭，隨手摘下太陽眼鏡，露出兩顆淡黃褐色的瞳孔。

「雖然我是個純正的日本人，但我的基因好像在開我玩笑，讓我擁有這種顏色的瞳孔。一般人看到我的眼睛時，都會以為我是外國人。而且，或許是這樣，太過強烈的光線總會讓我感到很不舒服，所以我很不喜歡摘下太陽眼鏡。不過，這也帶來一個很大的問題。因為日本人很少戴太陽眼鏡，所以我走在路上反而會變得很顯眼，讓我在執行跟蹤任務時得要很小心才行。」

「這麼說來，你從事偵探的工作不是很累嗎？」

我坦率地提出我的疑問後，黑須點了點頭。

「沒錯，但這是我自己選擇的工作。所以一旦工作上需要執行跟蹤時，我還是只能咬緊牙根完成任務。每到夏天，就是我最痛苦的時候，我必須得要忍耐刺眼的陽光，汗流浹背地緊盯著目標。這真的是一件苦差事，有好幾次我都想要脫離這行。雖然我還在從事偵探的工作，但因為我的特殊體質，所以夏天基本上是不太接工作的，而且白天的時間也大多躲在家裡。」

儘管黑須把偵探的工作描述成是一份苦差事，但他的表情看起來卻很開心。

「我今天會來這也是在執行我的工作，因為我查到一件有關飯倉的情報。不過，這算不上是個好消息，所以你不要有太高的期待。」

黑須把澆水壺放在桌上後，背靠著牆壁。

「我先從我偽裝成醫院的工作人員，向飯倉的父母問來的情報開始說起吧。飯倉的全名是飯倉祐介，他十八歲時應屆考取東京科學大學後，今年春天開始上學。他沒有兄弟姐妹，家裡只有他和父母親三個人。他的籍貫和以前上學的地點都在群馬縣，不過他目前和你一樣都是獨自在外生活。沒有出國的經驗，所以可以排除是在海外感染上這種奇怪的病毒。此外，他父母親都很健康，所以這次的疾病應該和遺傳沒有關係。至於他的交友狀況，我目前還在調查。不過，從他住院以後都沒有女性來探病的情況看來，他應該沒有特定的交往對象。以上就是我目前的調查結果，你有沒有什麼問題想問？」

「沒有，不過從目前的情報看來，真的很難理解飯倉為什麼會突然發高燒。」

「你說的沒錯，目前為止我們還是沒有找出病因。」

「無論如何，還是很謝謝你。我覺得你真的很擅長調查的工作。」

「這沒什麼，這種程度的調查對我來說，易如反掌。必要的時候，我會再進行更深入的調查。不過，如果得透過監視來收集情報的話，對我來說可能就有點吃力了。」

「嗯，我了解。」

「那，我先走了。你再替我向教授打聲招呼。」

黑須轉身準備離開時，我叫住他。

「怎麼了？」

「我可以請教你一件事嗎？」

「你都已經開口了，就直接說吧！放心好了，我不會跟你收取諮詢費。」

由於黑須仍是一臉的笑容，因此我便放心地問他：「我昨天在整理圖書室時，發現了一本相簿。」

「哦，那本相簿啊。那是桐島教授從自己家裡帶來的紀念品，怎麼了？」

「那本相簿的最後一頁貼著一張結婚照，照片裡的人真的是桐島教授本人嗎？」

「照片上的人的確是她本人。以前，我也曾經對這件事情感到好奇，就去調查了一下。我可以告訴你一些故事……你想知道嗎？」

如果我沒有趁機問清楚的話，應該會一直把這個疑問擱在心底，因此我趕緊回答：「我想知道。」

黑須嗯了一聲後，往身旁的椅子坐下。

「我先從那張照片的背景開始說起吧。桐島教授是京都人，她小學時也是就讀當地的普通小學。她的家族很富裕，本人也很喜歡追求學問，因此從女子高中畢業後，又進入了奈良女子高等師範學校就讀。她在師範學校的成績很優秀，不過由於當時正值戰爭期間，所以她們那一屆全都提早了半年畢業。她在昭和十八年，也就是一九四三年的晚秋回到家鄉。」

我點點頭，暗示黑須繼續往下說。

「如同照片上的日期，她在一九四四年的九月結婚。在她結婚的前幾年，她父母就已經替她物色了結婚對象。以前的婚姻不太重視當事人的意見，而比較注意彼此是否門當戶對，所以她也就自然而然地和那個比她年長的男人結婚了。那個男人聽說是在軍方的科學研究機構工作……從照片看來，他應該是個蠻和善的人。」

「桐島教授是從結婚後開始從事研究工作的嗎？」

「不是。當時的軍方研究所並不是女人可以進入的單位，而且就算教授想要為國家貢獻自己的知識，她當時的年紀也才二十歲左右，這也是她之所以會乖乖聽從父母指示結婚的原因之一。不過，這樣的生活並沒有持續很久，因為到了隔年初，她的丈夫就去世了。」

「他是死於空襲嗎？」

「不是，他工作的研究所在滋賀縣，那裡並沒有遭到空襲的記錄。很多人都說他是死於意外，但這已經是六十年前的事了。由於所有關係人全死光了，所以我也查不出他的死因。」

黑須伸出長長的手指摸了下自己的鼻子。

「也因為她的婚姻生活很短暫，所以並沒有生下孩子。丈夫去世後，她和親家的關係也就此結束。不過，我不知道她當時是懷抱著什麼樣的心情回到桐島家。戰後，隨著新制大學的創立，她在二十五歲那年進入京都大學就讀。後來，她沒有再婚，一直埋首於研究的工作。」

「原來如此。」

當我想到桐島教授曾經和陌生人共組家庭，並生活在同一個屋簷下時，不禁感到內心隱隱作痛。雖然黑須替我解開了謎團，但聽完這個故事，我的心情反而變得更加沉重。

「你的表情看起來還真像個哲學家。」黑須站起來，拍了拍我的肩膀。「其實這已經是很久以前的事了，就算你問教授，她也會覺得這沒什麼吧。」

黑須說完後便一溜煙地離開了辦公室。

4

四月十七日（星期二）

當天的打工結束後，我在將近九點時離開辦公室。

我聽完桐島教授的故事後似乎變得沒有辦法直視她，以致於當天沒有和教授談話就下班了。我實在太容易受到情緒影響了。

走到醫學院後方的停車場，停下腳步嘆了口氣。

天空無雨，半輪明月在一層薄霧的遮掩下變得朦朧，一面悶濕的空氣籠罩地面，雖然不冷卻讓人感覺不太舒服。

在不曉得什麼時候會突然下起雨的情況下，想說還是早點回家好了。伸手抓著腳踏車手把時，手機突然震動起來。發覺是不明來電，在懷著幾分警戒心下接起電話。

「喂。」

「芝村，我是東條。」

「啊，你好」我對著黑夜點頭行禮。

「你在宿舍嗎？」

「不是，我在學校的西門附近。」

「你還在學校？怎麼這麼晚還沒回去？不過也好，看來我不用特地約你到外面的咖啡店見面了。電話中說不清楚，我想找你見個面再聊。你現在有空過來研究室嗎？」

「沒問題，你是不是想到了什麼有關於飯倉的事？」

「不是，不過我想應該有點關係。」東條的口氣聽來很嚴肅。「是有關吸血鬼的事。」

我騎著腳踏車很快地趕往理學院二號大樓。

我把腳踏車停在玄關前，抬頭看著整棟大樓。儘管時間已經有點晚了，但大樓的每片窗口都還是透著燈光。對研究人員來說，這個時間或許還不算晚吧。

我一走進玄關，便看見坐在大廳長椅上的東條。這時的他已經脫下白袍，露出白色長袖薄T袖和灰色牛仔褲。

「你速度真快，我們走吧！」

我和他一同走向走廊的另一頭。走到會議室門口時，長瀨和齋藤正好打開房門準備走出會議室。

「咦，芝村，怎麼這麼晚了還在這？」

「我叫他來的。我想和他談一些關於飯倉的事。」東條說。

「哦。」長瀨一臉興趣缺缺的樣子。

「我們可以使用會議室嗎？」

「可以，我們剛開完會。莉乃，工作的分配就照我們剛才所說的方式進行，好嗎？」

齋藤僵硬地點了點頭。我想她們剛才大概是在討論關於實驗的事吧。

我和東條走進會議室後，分別坐在長桌的兩側。

「你剛才說要告訴我一些關於吸血鬼的事？」

「嗯，我聽齋藤說你們今天中午去了自治會？」

「是啊，我們去自治會打聽關於吸血鬼的目擊情報。所有目擊者都聲稱他們看見一個穿著黑色西裝、戴著太陽眼鏡的高大男性在校園內走動。」

「那個男人不是吸血鬼。」

「你怎麼知道？」

一開始我以為東條認識黑須，但他的回答卻不是如此。

「我也曾經前往自治會詢問這件事，所以知道這些目擊事件都是發生在去年六月以後……不過，在這之前就有其他人看過吸血鬼。雖然自治會的人並不重視那次的目擊報告，但或許那次出現的才是真正的吸血鬼。」

東條的語氣陰沉，聽起來就像在提起一次靈異事件。

「那是去年的五月中旬……有人在這棟大樓附近目擊到吸血鬼。只是，當時那個神祕人物並不是穿著西裝，而是穿著燕尾服。你不覺得很奇怪嗎？學生怎麼會穿燕尾服來學校？而且，我後來還去查證過，學校當天並沒有任何會議或演講。」

「那個目擊者是誰？」

「他是我社團的學弟。如果你想知道得更詳細一點，我可以介紹你跟他認識。不過，更重要的其實是另一件事。就是在飯倉之前，吸血鬼很可能就已經攻擊過其他人。」

「那個人是不是你昨天提到的那位？」

「沒錯，那個人就是真壁。我想，他應該也是吸血鬼事件的受害者。」

「真壁的事件中有任何與吸血鬼有關的證據嗎？譬如說，像飯倉脖子上的淤傷。」

「其實，我是在真壁去世後才想到他的事或許和吸血鬼有關，只是我手上沒有任何具體的證據。不過，我曾經看到一件可疑的事。有一天，真壁在實驗室裡脫下白袍時，我發現他的長袖襯衫上沾到了一塊血漬。」

東條指著自己左手的手肘內側。

「我問他那是怎麼一回事時，他笑著說那是抽血失敗的結果。雖然我們的確會使用自己的血液進行實驗，但據我所知，齋藤在執行抽血的工作上從來不曾出過差錯，因此我猜想真壁或許不曉得他身上的傷其實是吸血鬼造成的。」

「嗯，有這種可能。」

雖然我認為這種說法缺乏明確的證據，但真壁的確是因為不明原因的疾病去世的。因此，儘管這件事聽起來關聯性不高，但或許還是值得繼續追查。

「雖然我不曉得穿著燕尾服的人和吸血鬼有沒有關係，但我還是會繼續往下追查。很感謝你提供了這麼寶貴的情報。」

我向東條答謝後，他微笑著點了點頭。

「不客氣，我很希望可以幫你釐清整個事件。」

之後東條說他還得繼續進行實驗，便急急忙忙走出會議室。

我一邊思考東條的話，一邊緩緩走出理學院二號大樓。時間已經來到晚上九點三十幾分，沉寂的校園與白天的歡鬧景象宛如截然不同的兩個世界。

「……咦！」

我一跨上腳踏車，便聽到輪胎發出怪聲。下車察看，後輪的輪胎漏氣了，大概是我騎來這裡的途中輾過了玻璃碎片之類的東西吧。

在無可奈何下，只能牽著腳踏車開始走路。

寂靜的夜裡，只聽得見後輪發出的響聲以及我的腳步聲。

道路兩旁的路樹在灑落了一地的櫻花後，只剩下一片翠綠的葉子。不久前，那場滿天的櫻吹雪似乎轉眼成了久遠的記憶。

一星期前，這裡對我來說還是個完全陌生的場所，但如今我卻已經對這裡感到如此熟悉。在充滿綠地的校園裡散步時，迎面而來的微風總會讓我感到心情愉快。

我停下腳步，回頭看著理學院二號大樓，想到那附近就是吸血鬼出沒的地點時，原本熟悉的理工大道似乎頓時成了一條通往異界的詭譎道路。

我用力搖頭甩掉這個無聊的幻想時，突然聽到一道切風聲。

我猛然回頭，似乎有什麼東西掉到了我的腳邊，但我的視線沒有看向地面，因為我看到理學院二號大樓的一株櫻花樹後面站著一個人。

那個人從頭到腳都包裹在一件黑色的斗篷下，儘管我無法看清楚他的臉孔，卻可以看見他戴著白色口罩。

我心想，這個人真的是來自異界的使者嗎？或者只是某人的惡作劇？正當我不曉得該如何反應時，神秘人物已經轉身走出我的視線。

神秘人物消失後，我依舊緊握著腳踏車手把，目瞪口呆地站在馬路上。我不知道剛才的場景究竟是真實，還是我的幻覺。

我低頭看向路面，藉著路燈的光線看到一團有如麻糬似的物體，這大概就是剛才掉落在我腳邊的東西。

把腳踏車架起來，慢慢走近那團白色物體，蹲下來仔細觀看。

——哇！

我倒吸了一口涼氣。

那是隻脖子上破了個洞的死白老鼠。

5

四月十八日（星期三）

早上七點多，天空掩著一片厚雲，我在早晨的校園裡拖著沉重腳步走向桐島教授的實驗室。

打了個哈欠，走進通往地下實驗室的電梯。連續兩天的睡眠不足，讓我的腦袋變得昏昏沉沉的。前天，我只是比較晚睡一點，但昨天我卻因為那個突發事件而整晚輾轉難眠。

我在狹窄的電梯裡回想那個人的身影。

——吸血鬼。

這個稱號似乎不太適合用在那個人身上，因為那個人雖然可疑，但他的穿著打扮卻明顯不同於之前的目擊情報；他既不是穿著燕尾服，也不是穿著黑色西裝，打扮看起來不像吸血鬼，反倒比較像巫師。

不過，這不重要，重要的是他想傳達什麼給我？我想，應該沒有人會拿著一隻死老鼠四處走動吧？因此，這顯然是一場早有預謀的行動。

我走出電梯，穿過辦公室走進倉庫，把我昨晚用手帕包起來的老鼠屍體放進傳遞箱。我擔心桐島教授會誤以為我在惡作劇，因此我關上傳遞箱後立刻通過走道走進實驗室。

儘管時間還早，但桐島教授已經一如往常地開始實驗的工作。

「喲，怎麼了？你怎麼會這麼早就來補貨？」

「我有點事想要請問教授。等一下，我馬上就來。」

我前往傳遞箱拿出死老鼠後，回到教授身旁。

「一副小心翼翼的樣子。那是什麼東西？」

「教授，妳最好有點心理準備。」

我把死老鼠捧到教授面前後，打開手帕。教授看了一眼，淡定地說：「不過是隻白老鼠。這在生物實驗上經常使用，你是從哪拿來的？」

桐島教授似乎很常看到這種老鼠。將老鼠放上實驗台後，開始詳細地描述我昨晚遇到的事。

桐島教授聽完後，說：「真噁心！」我想，她指的應該不是那隻死老鼠，而是那個人把死老鼠丟向我的舉動。

「這種老鼠很容易取得嗎？」

「嗯，全世界都在使用這種老鼠進行實驗。只要是從事生物研究的人，都可以輕易取得這種老鼠。」

「牠的脖子上為什麼會有這個傷口？」

「這我就不曉得了。不過，這個傷口應該不是一般的實驗造成的，這個人可能是使用了螺絲起子。而且，從傷口沒什麼出血看來，這應該是在老鼠死後才做的加工。」

「他這麼做的目的是什麼？」

「如果只是單純惡作劇的話，未免太過分了，我猜他可能是想要警告你這世上的確存在著吸血鬼。」

「是警告嗎……」

「如果你沒有與人結怨的話，那就可能和你最近的活動有關。或許，有人不希望你繼續調查吸血鬼的事……不管怎麼說，你以後盡量不要在晚上的時間在外遊蕩。至於實驗室的工作，你就利用上班的時間盡快完成。」

「我知道了。我以後會利用午休的時間整理實驗室的資料……另外，我突然想到，或許我們可以故意設個陷阱?如果我們可以抓到那個人的話，說不定就可以從他身上獲得一些情報。」

「別亂來!」教授一臉嚴肅地斥責我。「你不要搞錯了方向，我們的目標是治好飯倉的病。吸血鬼只是一種傳說，如果對方想要警告你，乖乖接受就好了，免得惹禍上身。」

「我知道了……」

教授說的沒錯，我似乎把自己的調查方向給搞混了。

「好了，我要繼續進行實驗了……對了，既然你剛好在這裡，我想請你幫我設定電腦。我想從大學圖書館下載一些論文，但我試了很久，都沒有辦法順利下載。」

「沒問題，我現在就來看看。」

由於教授的一番斥責，我有點恍惚地走到放置筆電的角落後，勉強打起精神坐到椅子上。

我打開瀏覽器，並前往東科大的網站試著尋找前往圖書館的連結。但網站的編排方式有點複雜，我始終無法找到連結點。

猜想教授或許有把圖書館的網址加入書籤，不過打開書籤後，發覺書籤夾裡空蕩蕩的。或許，教授還不曉得瀏覽器有這項功能吧。

接著，我又想到教授應該有去過圖書館的網頁。因此，我打開「瀏覽記錄」選項，察看她曾經瀏覽過的網頁。

……咦?

網頁的瀏覽記錄中除了檢索和科學相關的網站外，還包括了網購的網站。由於這台筆電是桐島教授專用的筆電，自然是桐島教授瀏覽了這個網站。但桐島教授的衣物和食品等生活必需品都是由我負責採購，因此她應該不需要去瀏覽這類網站才對。我想到如果桐島教授需要購買某些物品，我就得了解她的需求並替她下單，因此我便暫時跳過圖書館的網站，前往她瀏覽過的購物網。

我打開後發覺，那個網站是一個專門販賣女性衣物的購物網。網站上沒有販賣實驗衣或工作服，而是一些常見的……可愛系女性衣物。上頭有許多我看不太懂的名詞，包括「森林系少女」、「甜美風套裝」、「連身長裙」等。

看著那些打扮的漂漂亮亮的模特兒，突然想起黑須曾經說過……

「當肉體年輕化時，人的心靈或許也會隨之變得年輕。」

或許，黑須說的沒錯，因為桐島教授不但開始對流行服飾感到好奇，甚至會偷偷瀏覽販賣可愛系女性衣物的網站。

正當我想要轉頭偷看教授在做什麼時，銀幕的角落浮現出收到新信件的通知。我把畫面切換到信箱，寄件者是富士中央科學研究所。

富士中央科學研究所簡稱為富士中研，是一個以專利使用費和共同研究的收入來維持運作的公益社團法人。這是桐島教授從東科大退休後，以特別研究員身份繼續進行實驗工作的一個研究機構。有時，教授也會委託富士中研進行一些實驗，而且有關飯倉的疾病，教授也是和這個機構合作一起進行血液的分析工作。

對方大清早的便寄出這封信，可見得這裡頭或許有一些重要的訊息。我考慮了一下後，決定先通知教授這件事。

「教授，富士中研寄了一封信給妳。」
「哦，他們可能在飯倉的疾病上有什麼新發現吧。」
教授脫下實驗手套後，走向我並說：「讓我來！」我起身讓教授坐下，教授隨即以熟練的動作操作滑鼠。看起來，她已經掌握了電腦的操作方式。
教授打開信件後，咦了一聲。
「怎麼了？」
「你馬上跟征十郎聯絡，看來我們有必要召開作戰會議。」
教授吸了一口氣後，一臉嚴肅地說：「富士中研已經找出飯倉的病因了。」
傍晚，黑須進到辦公室後說：「不好意思，我來晚了，因為教授要我去收集一些資料，所以才會擔擱了一點時間。」
「沒關係，可是資料呢？」
「我已經將電子檔傳送到實驗室的信箱了。自從教授學會電腦後，我的工作就變得輕鬆多了。使用電腦不但可以節省資源，情報的傳遞速度也比較快。之前就跟她提過好幾次，但她始終興趣缺缺，想不到會突然有了這麼大的轉變。」
黑須以變魔術般的流暢手勢將手帕收進西裝內側口袋後，一邊彈著手指一邊走向那台筆記型電腦。
「我先開電腦……」
「為什麼？」

「因為我無法進實驗室，而用電話說明又太麻煩，所以我想用視訊的方式和教授對話。不好意思，可以麻煩你進實驗室設定筆電嗎？我想手冊上應該記載了設定的方法。」

「好，我試試看。」

我很快地換上白袍，走進實驗室。

桐島教授坐在實驗室中央的實驗台前，拄著下巴，皺著眉頭，盯著桌上的資料。我心想，這時最好不要去打擾她，因此躡手躡腳地走到擺放筆電的位置後，並依照手冊進行視訊設定。

「哇，成功了，我看到你了，芝村，你看起來還真帥呢！電腦這個發明真是太棒了。」

我一邊苦笑，一邊轉頭呼喊教授，請她過來坐在筆電的前面。

「喲——這不是姨祖母嗎？回想起來，我之前都是透過監視器看到妳，這還是我第一次看著妳說話呢！你現在比從監視器畫面看到的樣子還要可愛呢！」

「別拍馬屁了。你寄來的資料我已經看過了，所以我們可以直接開始了！」

「好，不過我和芝村都是外行人，所以麻煩妳在說明時考慮一下我們的理解能力。」

「我知道。你先去列印一份你寄給我的電子檔，這樣我比較好對你說明裡面的內容。」

「我已經印出來了，妳隨時可以開始。」

教授點點頭後，遞給我十幾張Ａ４紙。那份資料的第一頁印著一排Ａ・Ｔ・Ｃ・Ｇ的英文字母。雖然我是個外行人，但我大概曉得這是ＤＮＡ的鹼基序列。

「這是從飯倉的血液中檢驗出來的病毒基因序列。這種病毒十分罕見，因此在檢驗上花了不少時間。」

「飯倉果然是感染了病毒嗎？是什麼樣的病毒？」

針對我的疑問，教授回答：「簡單的說，這是肝炎病毒。你應該有聽過國內有一群人因為接種疫苗而感染了B型肝炎，並向政府提出國家賠償的訴訟？二〇一一年六月，這些人已經和政府達成了初步和解。據說那一陣子有三、四十萬人因為重覆使用針筒而感染了B型肝炎，再加上其他的B型肝炎患者，目前國人的感染人數已經超過一百萬人。從人口比例來看，B型肝炎病毒在日本已經成為一種極為普遍的病毒，而從飯倉身上檢出的病毒就是和這隻病毒同型的J型肝炎病毒。」

一長串鹼基序列的下方，寫著「hepatitis」。我心想，這就是這隻病毒的名稱嗎？

「肝炎有幾種不同的病毒，而J型病毒是最新發現的病毒。以病毒的命名順序來看，這種病毒原本應該命名為H型病毒，但因為這個字母和肝炎「hepatitis」的英文字首相同，因此便跳過了H。至於下一個字母I則是因為容易與愛滋病毒的「HIV」混在一起，因此也跳過了。經過一番波折後，這種新型病毒終於被命名為J型肝炎病毒。不過，由於它的發現時間不長，感染人數也不多，再加上感染後也不太會發展出嚴重的症狀，目前為止仍然很缺乏這方面的研究。」

我歪著頭問：「既然很少人感染這種病毒，又怎麼會出現在飯倉身上？」

「問的好，」教授點點頭。「感染者都是野生動物的研究人員，而且這些人全都曾被一種手掌大小，名叫紅耳絨猴的小猴子咬傷。不過，這種猴子只棲息在南美洲的熱帶雨林，一般人不太可能會感染這種病毒。」

「會不會是飯倉有飼養這種猴子，或者是他曾經在某個地方被這種猴子咬到？」

「不可能，」桐島教授當場否定了黑須的假設。「紅耳絨猴在華盛頓公約中有進出口的限制，一般人不可能飼養這種動物，而且……」

教授停頓了一下，抬頭看著我。

「從飯倉身上檢出的病毒，可以看出病毒的基因有了一些改變，而且這種改變已經超出自發性突變的程度。」

教授對著露出一臉疑惑的我，解釋：「飯倉感染的是一種人造病毒。」

人造病毒？

正當我思考著這個名詞是什麼意思時，聽到黑須以感嘆的口吻說：「想不到人類已經可以自行製造病毒了。」

「你們應該是誤會了我的意思。人造病毒並不是無中生有的病毒，它只是利用原有的病毒進行基因工程上的重組。」

「重組基因聽起來好像很專業，但為什麼會有人想要去做這種事？」

「這還得再調查才曉得。不過，改造病毒的目的一般都是為了提升病毒的繁殖能力、強化感染力、加強毒性或者是消除毒性，以及賦予病毒抗藥性。」

「雖然我們目前還無法確定為什麼會有人去製造這種病毒，但至少可以確定原本的病毒的確經過人為的刻意改造……」我吞了口口水。「也就是說，有人故意製造出這種病毒，並讓飯倉感染這種病毒。」

「這種結論還言之過早。病毒有可能是從實驗室流出後，輾轉傳播到飯倉的身上。不過，如果真的有人刻意散布這種病毒的話，這件事就不單純只是飯倉個人的問題了。」

「這種病毒的傳播途徑是什麼？」我看著教授的側臉問。「如果它可以藉由空氣傳播，那問題就大了。」

數年前爆發新型流感疫情時，不管是街道上或電視上，到處都看得到戴著口罩的人群。

桐島教授似乎察覺出我的擔憂，因此以強調的口吻說：「不可能發生這種事。基本上，肝炎病毒的傳染途徑有三種，包括血液傳染、性交傳染及母子傳染，而且過去還不曾出現爆發性的大規模傳染。」

銀幕上的黑須搖了搖頭。

「聽起來，這件事好像蠻嚴重的，要不要我去通知警察和保健所[⑥]？」

「暫時不要，保健所的介入可能會讓事情變得更複雜。在患者只有一個人的情況下，我們可以自行處理。另外，也暫時不要通知警方好了，缺乏明確的犯罪事證，警方也沒有辦法採取行動吧。而且，如果真的是有人故意犯下這些罪行，警方的介入也許會刺激對方採取更激烈的行動。」

「這麼說來，我們只能先暗中調查了。」

「沒錯。不過，我們得盡快查明真相。」

桐島教授閉了下眼睛，接著像是在替自己打氣似的舉起兩手拍了拍臉頰。

「如果有人想把科學運用在不好的事情上，我絕對不會坐視不管。」

此刻教授的表情看起來已經不再像是個少女，而她那雙美麗的雙眸看起來有如發現獵物的豹一般，散發著一股讓人不敢直視的銳利眼神。

「這件事很緊急，所以我決定暫時中止罕見疾病的研究，並立刻著手開發可以治療J型肝炎的藥物。征十郎，這件事就交由你和富士中研協商。」

「沒問題。只要是教授的指示，我相信對方一定會提供人力上的支援。不過，我是不是也該做點什麼？在研究報告出來以前，總不能什麼事也不做吧！」

「也對，那就請你去調查J型肝炎病毒吧！在這之前，日本從來不曾出現這種病毒，因此我想知道這種病毒究竟是怎麼進到國內的？」

⑥日本的保健所相當於台灣的衛生局。

「嗯，這聽起來的確是我能夠做的。好，既然如此，就先著手調查這件事吧！」

兩人很快地決定了今後的工作方向。雖然我是個病毒學的門外漢，但也不可能在事態這麼緊急的情況下還袖手旁觀。

我趁著兩人的談話告一段落時，靠近教授。

「有沒有什麼事情是我可以幫忙的？」

桐島教授以教誨似的口吻說：「聽我的話，你的工作就是調查飯倉是在什麼情況下染病。如今，我們已經查出病因，所以你的工作也結束了。接下來，征十郎會去查出病毒的來源，你只要像之前一樣做好這裡的工作就好。」

「可是，我想要幫上一點忙……」

眼前，不只是我身邊的朋友感染了這種病毒，整間大學的師生也都面臨到感染的危險。或許有些人會認為當個旁觀者比較輕鬆，但我沒有辦法。

桐島教授看著我的眼神彷彿像在閱讀我的心思。

在她的眼神引導下，我不自覺地開始談起我父親。

「我父親在我就讀國中前就去世了。他是生病過世的。一開始，他只是有點發燒的症狀，但到了隔天，他的體溫突然急速升高……或許就如同人們所說的，天有不測風雲，人有旦夕禍福吧。醫生診斷出他罹患肺炎，並導致敗血症……當時還只是個小孩子的我，在眼睜睜看著父親日漸變得虛弱的情況下，依照電視公益節目的建議折了一千隻紙鶴，並到附近的神社拜拜，但我父親最後還是去世了……我第一次體會到那麼深沉的無力感。」

桐島教授和黑須都安靜地聽我說話。

「不過，現在不一樣了。就算我的力量依舊微不足道，但我相信自己可以幫上一點忙。就算我的努力到最後只是白忙一場，我還是想要貢獻出自己的一份力量。」

「嗯……」

桐島教授起身，伸手按著我的肩膀。

「我可以了解你的心情。那麼，你想要幫忙什麼？」

「我一定會更加努力做好現在的工作，但我希望可以再多做一點。我想繼續調查飯倉感染的來龍去脈，我不希望再有下一個受害者了。」

「好吧，那你就繼續進行校園裡的調查。或許，你可以從內部人員那邊找到一些情報。至於實驗室的工作，我可以找到足夠的人手幫忙，所以不用擔心。你只要像往常一樣整理垃圾和補充試劑就好了。」

「對不起，我實在是很任性。」

「這沒什麼。」教授說完後，輕輕拍了下我的手臂。

「不過，我有點擔心白老鼠事件。如果你發現有危險的時候，就要立刻停止調查，還有你還是要正常上課。你不能為了這件事而打亂自己的生活，懂嗎？」

我用力點點頭。

「不好意思，打斷一下，我有個建議。」銀幕上的黑須舉起一隻手。「芝村，關於J型肝炎的事，我希望你可以對外保密，因為目前為止只有犯人才曉得飯倉感染的是J型肝炎，所以這或許會成為我們找出犯人的關鍵線索。」

「我知道了，我會保守秘密。」

眼前的情況不同於六年前發生在父親身上的不幸事件。

飯倉還活著，我們也已經找出病因，因此我們很有機會找出治療的方法。

更何況，這兩件事有著非常重要的差異，那就是，或許有人正企圖引起一場傳染病的大流行。

我在心裡對著天國的父親發誓。

我一定會持續努力直到這件事情解決為止。

第三章

And I, behold, I do bring the flood of waters upon this earth,
to destroy all flesh, wherein is the breath of life, form under heaven;
everything that is in the earth shall die.

看吧，我要使洪水在地上泛濫，
淹沒地上一切的生物，毀滅他們。
——創世紀第六章第十七節

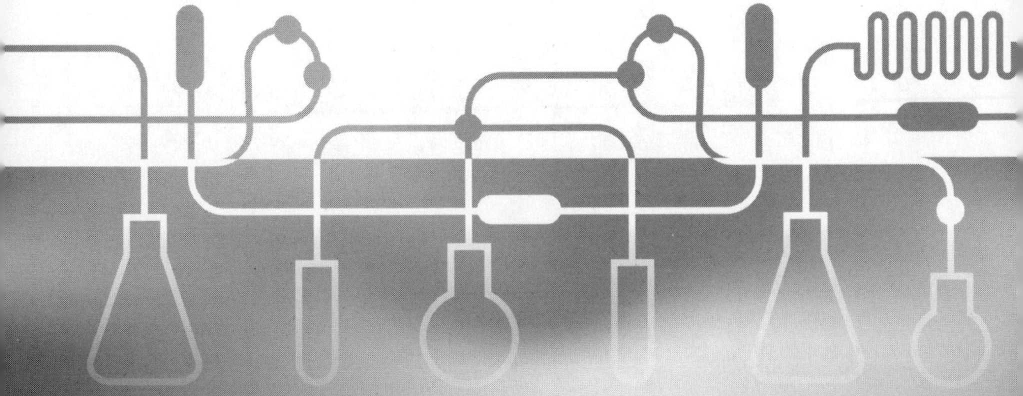

1

四月十九日（星期四）

雖已確定飯倉感染的是J型肝炎病毒，但這並沒有影響到我的日常作息，桐島教授要求我不可以荒廢學業，所以我還是每天準時上下課。

或許是因為有許多事情讓我感到憂心，上完上午兩堂課後，我就開始感到疲憊不堪，尤其熱力學更是讓我感到頭痛。第一次接觸到「熵」與「焓」的概念，實在有點摸不著頭緒。但無論學什麼東西，打好基礎真的很重要，我原本打算前往圖書館復習功課。不過，考慮了一下後，還是決定利用寶貴的午休時間進行調查。

午休時，我獨自來到理學院三號大樓旁的餐廳。這間餐廳沒有室內的座位，而是在戶外擺了二十組左右的桌椅。雖然每桌的座椅旁都擺有可以遮雨的陽傘，不過一到了冬天，學生們前來消費的意願就會降低。

我走到咖啡店旁的一排自動販賣機，投幣買了一罐咖啡後，找了一個空位坐下。突然吹起一陣強風，刮走原本散落在我腳邊的櫻花花瓣。

桐島教授說過，飯倉體內的人造病毒有可能是從研究室外流的病毒，再加上出現吸血鬼這號神秘人物，因此整件事的答案已經呼之欲出。

飯倉是因為吸血鬼才會染上病毒，所以只要找出犯人就可以掀開吸血鬼的面具。

根據自治會的情報，大部分目擊者看到的可疑人物應該就是黑須。但根據東條的情報，在黑須出現以前，就已經有過吸血鬼的目擊事件。因此，我昨晚和東條聯絡，請他替我安排和那位目擊者見面。

我一邊看著天空，一邊吃著從便利商店買來的麵包。

前幾天的天氣始終不佳，就連此刻的天空也是一片陰霾。天氣預報說，晚上可能會下雨，再加上飯倉的事情依然陷入膠著，我的心情也因此變得愈來愈沉悶。

我在風中吃著麵包時，桌上的手機震動了起來。正當我急忙伸手準備拿起手機時，震動卻突然停止。

「喲，你到啦！」我轉向聲音傳來的方向後，看到一名頭髮染成褐色的女生正朝著我揮手。

「你好！我是四年級的江崎。」

江崎露出開朗的笑容，在我對面的座位坐下。一開始，我還在猜想這個女生是誰，但我立刻想到她應該就是目擊者。

「妳是東條的朋友？」

「嗯，我來這裡是要告訴你吸血鬼的事。不過在這之前……」江崎把身體往前傾，並且露出興味盎然的表情。「你得先告訴我，你和東條是什麼關係？」

「這個嘛，我跟他不熟。我是因為吸血鬼的事才開始和他接觸。那妳和東條又是什麼關係？」

「東條沒告訴你嗎？他曾擔任超自然研究會的會長，而我是現任會長。就只是這樣，很單純吧？」

「嗯，超自然研究會是在研究有關幽靈或是超能力之類的事嗎？」

「是的，不過我的興趣不在那些事情上面，我專門研究幽浮這種不明飛行物體。我小時候曾經目睹幽浮，從那之後我就開始對這種事產生興趣。」

因為不想繼續聊幽浮的事，便直接切入正題：「那麼吸血鬼的事呢？」

「我是可以告訴你，不過你為什麼想要調查這件事？是對神秘事件或者都市傳說有興趣嗎？」

「不是，這件事有點複雜。」

「哦，難不成你是校方聘請的偵探？」

這是有點接近真相的一句話，讓我拿著咖啡的手不自覺地抖了一下。

「怎麼可能，我只是個很普通的學生。」

「是嗎？我怎麼知道你是不是在騙我？」

「我沒有騙妳。我可以讓妳看我的學生證。」

「好啊，拿來讓姐姐鑑定一下。」

正當我準備把學生證拿給這位滿腦子陰謀論的女生時，突然有人喊：「你們在幹什麼？」我轉頭後，看見一位兩隻耳朵都戴著銀色耳環，頂著刺蝟髮型的男生走向我們。

「喲，你來啦！」江崎一臉開心地拉著男生的手。「他是我的現任男友。他叫比呂，是樂團的主唱。」

「樂團？妳不是對超自然事件比較有興趣？」

「這是兩碼子事。去年，我偶然間看到他的表演後，心想，哇，這個人真是帥呆了。我問身邊的人他是誰後，發現他和我就讀同一個年級。之後，我就拚命地找機會和他說話，把他追到手囉。」

「妳別胡說八道了。」

比呂雖然嘴裡抱怨，但還是微笑著在江崎的身旁坐下。

「他就是那個在打聽吸血鬼消息的人嗎？」

「沒錯，他是個偵探呢！」

「哇，了不起。」比呂似乎立刻就接受了這種說法。「這麼說來，他一定很擅長調查的工作囉！」

我心想，面對這兩人的直線思考，要解釋實在太麻煩了，乾脆直接往下詢問。

「不好意思，我想向兩位請教一下，當初是哪位看到吸血鬼？」

「我們是一起看到的，」比呂說。「不過，我想就讓我來說好了。」

「好啊，就交給你吧。比呂很會說話，不過唱歌就沒那麼拿手了。」

「胡說八道！」

比呂輕輕地戳了下江崎的臉頰後，看向我。雖然他把自己打扮得很花俏，但眼神卻清澈得像是住在森林裡的梅花鹿一般。

喝了口蘋果汁後，他開始描述那次目擊事件。

「事情發生在去年五月底，我記得那天應該是星期六。就像她剛才所說的，當時我已經加入了樂團。由於我想知道她聽我唱歌的感想，所以都會要她來陪我練習。那天練習結束之後，我們一起走出社團，時間大概是晚上九點。當時的天空清澈到可以看到天上的星星，四周沒有任何人影，我心想這麼浪漫的氣氛，正好適合兩個人牽手在校園裡散步。」

我腦中開始浮現當時的場景。聽起來，當時的氣氛似乎的確很好，只可惜我沒有類似的經驗。

「這時，我突然看到一棟建築物的陰影處站著一個打扮得很奇怪的人。」

比呂低頭看著自己的手，他的表情變得嚴肅了起來。

「那個地方的光線很暗，所以我沒有辦法看清楚他的長相，但還是可以看出他穿著一套燕尾服。光是他那身打扮就已經很奇怪了，而且我們停下腳步後，他還一直盯著我們。那種感覺真的很不舒服。」

「然後呢？」我吞了口口水。這個故事聽起來簡直就像是靈異怪談。

「如果是我自己一個人的話，我大概就會趕快跑走。但那時我女朋友就在身旁，當然不可能表現得那麼膽小。所以，我就一邊看著他，一邊牽著江崎慢慢地往前走。」

「你別聽他形容的自己好像很勇敢的樣子，我當時都可以感覺到他的手在發抖。」江崎在一旁開玩笑地說。

比呂咳嗽了一下後，繼續說：「我們往前走了一段路後，我再回頭看那個人時，他還是站在那裡看著我們。接著，我們就頭也不回地走出校園了。」

「嗯，雖然你沒有看清楚他的長相，不過你有沒有注意到他的身高和體型？」

比呂看了一眼江崎後，說：「他的身高和一般人差不多，體型也不算胖，看起來應該是個男人。」

「他有戴太陽眼鏡或是口罩之類的東西嗎？」

「你這些情報是從自治會那裡聽來的吧？」江崎打岔說。「雖然我沒有看清楚他的長相，不過他並沒有戴太陽眼鏡或是口罩。」

「另外，你們曾經看過穿著黑色西裝的可疑人物嗎？」

「有，而且，那個人的移動速度快得像隻蟑螂一樣。」

如果我告訴黑須，有人把他形容成蟑螂，不曉得他會有什麼反應？

「哦，那他的外形看起來像不像那個穿著燕尾服的人？」

「不像，他們的身高差很多，所以絕對不是同一個人。」

這麼說來，學生們口中的吸血鬼除了黑須之外，還有另外一名可疑人物。只是根據他們的描述，他們所目睹的可疑人物，似乎又不同於我所看到的那個人。

「你們看到的那個可疑人物有披著斗篷嗎？」

「斗篷？又不是萬聖節，怎麼會有人披著那種東西？比呂，你說是不是？」

「嗯，如果對方披著斗篷的話，我們一定看得出來才對。」

「說的也是……另外，我想請問一下，對於這個人，你們心中有沒有任何可疑的名單？或許，這個人只是想要嚇嚇你們。」

比呂歪著頭，露出一臉無辜的表情。

「後來我就沒有再看過這個人了，我想這應該不是惡作劇吧。」

江崎戳了戳比呂的肩膀，說：「會不會是你以前的女朋友回來找你報仇？」

「我交往過的女孩子只有妳，」比呂皺著眉頭說。「而且老實說，從以前到現在，除了妳之外，根本沒有別的女孩子曾經喜歡上我。」

「你老是這麼說，誰曉得你說的是不是真的。」

「妳很煩耶！就跟妳說沒有了。而且，我從沒想過要問妳的過去，因為這種事問了也只會讓我嫉妒罷了，所以拜託妳以後別再提起這種事了，好嗎？」

「喲，生氣啦！看看你，真像個小孩子。不過，我就喜歡你這一點。親愛的，我真是愛死你了。」

「別鬧了，這裡還有別人。」

我一邊看著這兩人在我面前嬉鬧，一邊想著吸血鬼的事。

他們在去年五月時看到穿著燕尾服的「吸血鬼」，而我看到的則是披著斗篷的「吸血鬼」。

我們看到的是同一個人，還是……

2

四月十九日（星期四）

下午六點，我上完第五節課走出理學院三號大樓時，齋藤傳了封簡訊給我，上頭寫著她想要了解飯倉的病情和我目前的調查結果。我回覆她，等我打工結束後，就會去找她。她立即回覆，和我約定晚上九點在理學院二號大樓見面。

或許是因為齋藤以前是自治會的會長，因此有著十分強烈的正義感，也或許是她不希望看到真壁的不幸再次發生在飯倉身上，因此她十分積極地在協助我的調查，對我而言，幫忙的人手自然是愈多愈好。想到自己多了一個同伴，這讓我在走向實驗室的途中心情始終很愉快。

我走進實驗室後，桐島教授一看到我便露出鬆了口氣似的表情。

「還好你來了。」

「怎麼了？」

「溶劑好像快用完了，麻煩你補充一下。」

「好，我馬上去補充溶劑。以後，再有這種狀況的話，妳可以傳封簡訊告訴我。」

「我想說目前的溶劑應該還足夠使用到傍晚，所以就不想影響到你的課業。」

教授簡短地要我補充溶劑後，便又繼續進行她的實驗。我想，她一定是忙到沒有時間自己補充溶劑吧，而且她一定也沒有洗澡，因為空氣中正飄散著混合了水蜜桃和牛奶的香氣。

我整理完實驗產生的垃圾後，開始逐一補充消耗品。過程中，發現實驗室角落的印表機的出紙槽上擺著好幾張紙。我拿起來一看，發現是黑須的報告。

「教授，這些是……」

「我只是先把它們列印出來，不過我現在還沒有時間看報告。你有空的話，可以先看一下。」

教授說話時，依舊低著頭繼續手上的實驗。

「好。」

我答應後，拿著那疊報告走向更衣室，我想說如果待在實驗室，可能會干擾到教授的工作。

那疊紙張的第一頁是這份報告的概要內容，標題寫著「J型肝炎病毒的管理狀況」。

根據這份報告，目前世界上只有位於南美洲的一間傳染病研究中心，有保存這種J型肝炎病毒。如果有人想要研究這種病毒時，只要向他們提出申請並通過審核，他們就會從中心寄出樣本。由於這種病毒的毒性不高，申請的手續並不困難。也就是說，只要是研究人員就可以輕易取得這種病毒。

黑須在報告中整理了病毒的送樣紀錄，並羅列了那些大學和企業的名稱。只是上頭全是一些國外的研究所，包括美國、英國、義大利和澳洲。或許是因為J型肝炎病毒並不是很重要的病毒，每年只有兩三件申請案。我心想，這些申請單位和這次事件應該沒什麼關聯性，所以只稍微瀏覽了一下。

——咦？

有個名字讓我嚇了一跳。

那一排申請單位中有一行寫著「Tokyo Institute Science（Japan）」。我趕緊翻到下一頁，報告上的文字如同我的猜測。

研究室名稱：衛生疫學研究室。代表人：高本伊佐雄。申請日期則是約兩年前（二〇一〇年）的八月份。

我忐忑不安地檢視完所有的申請者後，發覺國內沒有其他的申請單位，也就是說東科大的衛生疫學研究室是日本唯一擁有J型肝炎病毒的研究機構，而這個結果使得飯倉感染病毒的事件變得很難用偶然去解釋。

或許甚至可以斷定，導致飯倉感染病毒的嫌疑犯就是衛生疫學研究室的成員，包括高本副教授、長瀨、東條以及齋藤等四人。

接著，我又想到了真壁的事件。或許，他也是……

儘管我沒有明確的證據，但我相信的確有這種可能性。

我趕緊走回實驗室打電話給黑須，請他著手調查真壁的事件。

晚上九點結束工作後，我勉強打起精神來到理學院二號大樓。

「不好意思，要你特地過來這裡。」

原本坐在大廳長椅上的齋藤，看到我後立刻起身向我道歉。

「沒關係，反正我打工的地點就在這附近。」

我笑了笑，在她身旁坐下。空無一人的大廳裡瀰漫一股寂靜的氛圍。

「飯倉還是沒有比較好嗎？」

「嗯，他還是和入院時一樣，處於昏迷的狀態。」

「這樣啊！那你已經完成吸血鬼的調查了嗎？」

「還沒，因為我最近又查到一些新的情報。」

我把自己從江崎和比呂那裡聽來的情報告訴齋藤。

「燕尾服？」

「聽起來很奇怪吧！搞不好，真壁的事件也和這個人有關係。」

「會嗎？」她小聲地說完後，低下頭。

「我知道這種事很難說，」我說完後，接著問：「真壁確切的死亡日期是什麼時候？」

「……去年的十月份。九月的時候開始住院，之後不到一個月就……」

齋藤的臉上浮現出哀傷的表情。

「在這之前，他會去研究室嗎？」

「嗯，而且他當時比平常更熱衷於實驗。」

這麼說來，或許有可能。

「既然你們會拿自己的血液進行實驗，那麼研究室裡是否還留有真壁的血液樣本？」

或許是我的問題出乎齋藤的意料，因此她睜大雙眼看著我。她用手指按著嘴唇，陷入思考。

「有嗎？」

「研究室裡沒有全血⑦，但應該有血漿。不過，為什麼你會需要齋藤的血液？」

「這個嘛……」我不能向她透露J型肝炎的事，因此我想了一下後回答：「我想，如果可以針對真壁的血液進行分析，或許可以得到一些不同的情報。比如說，他生病的原因是不是因為感染了一些細菌。」

⑦全血，醫學術語。將人體血液採集到血袋內所形成的混合物稱為全血，即包括血細胞和血漿的所有成份。

齋藤疑惑地問：「你是指病毒？」

「有這種可能。」

「嗯，也對。那我們現在就去看看吧！」

「好。」

如果可以從真壁的血液檢驗出J型肝炎病毒，就可以證明犯人對飯倉和真壁懷有敵意，同時也會更接近解開真相的目標。

我滿懷期待地跟著齋藤走向實驗室。我們走進實驗室後，發覺長瀨和東條還在實驗室裡工作。由於保持沉默感覺很奇怪，我低頭向兩人打了聲招呼。長瀨看到我後，睜大眼說：「哦，是芝村啊！」東條則是不發一語地迅速轉開視線。

原本我以為他們會問我來這裡的目的，想不到他們很快地開始互相討論了起來，而從他們談話的內容聽來，似乎是在討論研究的方向。

他們沒有詢問我來這裡的目的，讓我感到安心了一點。齋藤已經走進位於實驗室角落的大型冷凍庫，我也隨即走進去。

「有找到嗎？」我小聲地問。

「其他人的血液樣本都還在，但就是找不到他的。」

「怎麼會這樣？」

「或許只是湊巧，但也有可能……」她看了一眼正在自己實驗崗位的長瀨和東條。「有人故意把它丟掉了。」

我們準備走出實驗室時，齋藤小聲地說：「芝村，你剛才提到有兩個人曾經在校園裡看到吸血鬼。我們要不要現在就去那附近看看？」

「你是指把我們自己當成誘餌去進行調查？」

「不是，我只是單純想要去現場看看。再怎麼說，吸血鬼也不會剛好在這時候出現吧！」

「好，我們就先去那附近看看吧。」

「吸血鬼好像只有看到情侶才會現身。」齋藤說完後，突然握著我的手。由於事發突然，我忍不住啊了一聲。

「這樣看起來應該會比較像一對情侶吧？」

「是沒錯啦！可是，妳不是說我們不太可能碰到吸血鬼嗎？」

「這就像是一種咒語啊！」她笑了笑並把身體貼近我，一股沐浴乳的香氣隨即竄進鼻子。

「你現在有女朋友嗎？」

齋藤問我時，我腦中突然浮現桐島教授的臉龐。

天啊，我到底在想什麼？對方不但是個大科學家，而且還是「姨祖母」的年紀了。

我急忙搖頭，回答：「沒有。」

「那就不用擔心被人看到囉。我們走吧！」

齋藤牽著我的手走出實驗室。我不可能甩開她的手，因此只能隨她擺布地走在她的身旁。走出玄關後，沿著理工大道往東走。雖然已經晚上九點多了，但戶外的氣溫還是很悶熱。隨著行進的腳步，我感覺自己似乎開始變得昏昏沉沉的。如果發燒就是這種感覺，那我終於明白那些病人的判斷力為什麼會降低了。

我們走到理學院一號大樓前時，齋藤轉過頭看著我。

「從這裡就可以看見整棟二號大樓。那個怪人為什麼要站在大樓的陰暗處？」

四周空無一人，我把注意力轉向之前櫻花樹的樹蔭下，但也沒有發現那個披著斗篷的怪人。

「或許他不想被人發現吧！」

「為什麼？不過，你大概也不曉得吧！」

齋藤突然悄悄地放開我的手，接著我們的後方傳來：「喲，我還想說是誰呢？」我轉過頭後，看見高本副教授正一臉訝異地看著我們。

「怎麼了？」

「我才想問妳怎麼了呢？妳剛才不是和芝村手牽手嗎？」

「你看錯了吧，這裡這麼暗。」齋藤若無其事地說完後，試著引開話題。「你在慢跑嗎？」

「我剛在校園裡跑了一圈。最近因為缺乏運動的關係，我的小腹都跑出來了。」

高本副教授一臉難過地拍了拍自己的肚子。

「對了，我想問你們。你們剛才有沒有碰到一個怪人？」

「怪人？」齋藤露出疑惑的表情。

「對啊，我剛才跑過這裡時，看到樹陰下有個人影。」

高本副教授側著身子，指向我們後方的一株櫻花樹。

「那個人從樹幹後方探頭看著理學院二號大樓。正當我感到奇怪時，似乎是聽到我跑步的聲音，急忙逃走了。這個人該不會就是傳說中的吸血鬼吧？可惡，我當時應該要想辦法逮住他才對。」

「你有看到他的樣子嗎？」

高本副教授撥了下汗濕的頭髮，皺了眉頭。

「不好意思，我只看到那個人穿著黑色的衣服。不過，從他的身高看來，我想他應該是個男人。」

「可是，我們並沒有看到這個人。還是他穿過樹叢，跑到大樓後面去了吧。」

這時，我發現齋藤露出恐懼的神情。

「怎麼了？」

「沒什麼。」她的笑容看起來有點勉強，這讓我感到更加擔心。

「妳臉色不太好哦！」高本副教授似乎也有同樣的感覺。「還是早點回去休息吧！萬一不小心生病了，又像去年一樣……」

高本副教授說到一半，突然改口：「應該不會有這種事才對。」

「真的沒什麼。我還有點實驗要完成，等我做完實驗後就會回去了。」

齋藤勉強笑了一下後，便靜靜地走開了。

我看著齋藤離去的背影，高本副教授在我身旁嘀咕：「她看起來很沒有精神，希望她不會像長瀨一樣……」

「什麼意思？」

高本副教授提醒我不可以告訴別人後，說：「去年秋天，長瀨因為生病而向學校請了一個月的假。我想，真壁的死亡一定帶給她很大的衝擊。」

「長瀨和真壁是什麼關係？」

「其實也沒什麼，他們之間不曾有過男女朋友的關係。不過，我知道她蠻喜歡真壁的，所以才會感到那麼難過吧。雖然她後來回到了研究室，但感覺起來總是沒什麼精神。而且從那之後，她就再也沒有參加過研究室的同樂會了。」

高本副教授神情落寞地說完後，打了個大噴嚏。

「糟了，我要是繼續站在這裡，很快就會著涼了。我也要回去工作囉！」他說完後，便轉身離開了。

結果，我終究沒有取得真壁的血液樣本。

我嘆了口氣準備走回宿舍時，老天爺彷彿在嘲弄我似的開始下起雨來。

番外篇③

深夜，「吸血鬼」獨自進行實驗。衛生疫學實驗室的同事們全回去後，整間實驗室感覺起來似乎變得空曠多了。

「吸血鬼」突然感到寒冷，並舉起兩手環抱胸前。最近，他的身體總是時常像現在這樣毫無來由地開始發冷。他心想，或許是他投注了太多精力在實驗上，所以才會變得如此虛弱。

無論如何，計畫已經啟動了，如果在這時倒下，那他的計畫就會半途而廢。他心想，身體的管理也很重要，或許偶爾早點下班也是件好事。

「吸血鬼」起身準備收拾東西時，發覺有人打開了實驗室的前門。他緩緩轉向門口後，看到一張熟悉的面孔。

「哈囉！」

雖然這只是一句平常的招呼，但卻帶給「吸血鬼」很強烈的違和感。

——這個人怎麼會在這個時間還來學校……？

「吸血鬼」正打算開口詢問對方時，對方打岔說「就是這個嗎？」並且伸手指著實驗台上的試管。

「這裡頭裝的就是J型肝炎病毒嗎？」

「吸血鬼」一時間目瞪口呆。

他暗暗猜想，自己一直在暗中進行的計畫，為什麼這個人會曉得？

「嚇到你了？因為我發現你經常在晚上一個人偷偷地進行實驗，所以我就把你實驗中的病毒拿來分析了一下。」

「吸血鬼」問對方有什麼目的，對方彷彿想故意讓他感到焦躁似的不發一語。過了一會，這個人走近「吸血鬼」。

「我是真心想要幫你，所以我希望你可以告訴我，你打算拿這些病毒做什麼？」

3 四月二十日（星期五）①

昨晚的雨一直下到今天早上。因為還沒修好腳踏車的破輪胎，只好走路前往學校。一路上，雨水打在濕漉漉的地面，再濺上我牛仔褲的褲管。

我走上西門前的坡道，喘了口氣透過透明的塑膠雨傘看著一整片灰色的天空。天氣看來似乎不太可能好轉，氣象預報也說，這陣雨會一直下到晚上。

或許是因為校園裡有許多的綠地，空氣中充滿了土壤的氣息。我的老家周圍有著一大片田地，這個氣味總會讓我想起自己的家鄉。

「拓也！」我順著聲音轉頭一看，發現久馬正站在西門前。「果然是你。現在才七點多，你怎麼會這麼早來學校？」

「我是來打工的。你呢？」

「我來參加晨訓。想在上課前稍微打坐一下。」

久馬一臉興奮地說完後，打開身旁的斜背包。

「你看！這是我剛收到的禪修服。」

背包裡放了一件藍色的衣服。我是外行人，無法判斷那件衣服的價位。不過，從那件衣服的質料看起來，似乎是一件平價衣物。

「這件衣服多少錢?」

「一萬六千八百日元。很棒吧?」

「我不太了解行情,」我搖搖頭說。「不過,我想我不會去買這種衣服。」

「其實,坐禪也沒有規定要穿禪修服。不過,穿著運動褲和T恤總是少了點感覺。」

久馬開心地說個不停,雖然我知道他沒有惡意,不過一想到自己如今的處境,還是感到唏噓不已。兩個星期前,我的心情也和他一樣,不知不覺間彼此的心情竟然有了這麼大的差異。

久馬或許是察覺到我的回應很冷淡,因此說:「怎麼了?你的心情好像不太好。」

「沒什麼。」如果我告訴他,我們去抽血時看到的那群人裡,有一個是吸血鬼,不知道他會有什麼反應?雖然我不可能告訴他這種事,但光是想像就讓我的心情變得更加沉重。

「如果你有什麼煩惱的話,隨時都可以跟我一起去打坐。我先走囉!」

久馬拍了下我的背部後,在雨中沿著理工大道跑向東邊。

我在桐島教授的實驗室打工至今,已經過了兩個星期。

我把十五個便當全放進傳遞箱後,坐到電腦前檢視電子信箱。原本我還有點期待會收到富士中研寄來的信件,畢竟上頭可能會寫著他們已經找到可以醫治飯倉的特效藥,但信箱中並沒有來自富士中研的新信件。

我想,他們大概還沒有完成我們委託的實驗吧。

一想到所有事情都進行得不是很順利時,不由得感到胸口滯悶,並不知不覺地嘆了口氣。

我抬起手撐著下巴,看向地上的盆栽。這株植物的葉子看來依舊繁茂,但似乎已不像之前那麼翠綠。

伸手撫摸葉子時，辦公室房門猛地被人開啟。還來不及抬頭便聽見黑須精神抖擻的招呼聲：「早安！」

「怎麼在那裡玩盆栽？你對園藝有興趣嗎？」

「沒有，我只是摸摸看而已。對了，黑須先生知道這株植物叫什麼名字嗎？」

「橄欖樹。這株盆栽是我趁附近花店在大拍賣時買下的，原本以為它還會繼續長大，但可能是因為缺乏日照，始終沒有繼續生長。話說回來，這裡的環境本來就和地中海有很大的差別。可是真要把它丟掉，我還是有點捨不得。」

「那，我可以偶爾把它搬出去曬曬太陽。」

「不用了，你也挺忙的。再麻煩你做這種事，只會讓我感到更不好意思。」

「好吧，黑須先生今天來這裡有什麼事嗎？」

「我是來向你說明調查結果的，知道這個時間你應該會在這。」

「調查結果？」

「你忘了嗎？你昨天不是打電話要我調查一位叫真壁的學生。我調查過後，發現這件事確實可能和飯倉的事件有關。我就前往他去年入住的那間醫院，詢問他們是否有保存他的血液樣本。」

「你的行動真快！有結果了嗎？」

黑須輕輕推了下太陽眼鏡，洋洋得意地點了點頭。

「當然，這種程度的調查對我來說根本不算什麼，我一下子就查出來了。對方說：『我們都會妥善保管患者的檢體，也會委託專門業者進行銷毀。至於其他部分，我就不能告訴你了。』聽到這種回答，如果是一般的私人醫院，我大概就沒轍了。但對方可是公立的東科大附屬醫院，所以我又向對方施加了一點壓力。隨後，他才告訴我，基本上患者的血液樣本只會保存一個星期左右，之後就會銷毀。但如果是血像⑧或臟器的話就有可能保存個幾年，只不過這種東西也不是輕易就可以申請的，而且院方也沒有保存飯倉的血像或臟器。」

我的腦中浮現出內臟的樣貌後，不由得皺了下眉頭。

「我也進行了一些調查，但可惜沒有什麼進展。衛生疫學研究室雖然會保存學生們的血液樣本，但唯獨找不到真壁的血液樣本。」

「這麼說來，犯人果然是在那間研究室囉！」

「嗯，沒錯。不過，對方已經早我們一步採取行動了。」

這時，黑須突然舉起一根手指左右搖了搖。

「沒那回事，現在還不到放棄的時候。因為我後來突然想起，其實我們還有其他的取得管道。除了新生，每年七月東科大也會替其他學生和教職員進行健康檢查。去年七月，真壁正在就讀博士班三年級，因此他在發病前應該有做健康檢查。但去年六月開始，桐島教授就被隔離在這間地下實驗室。從那之後，我們就開始尋找具有超強免疫力的『適任者』。」

「你的意思是……？」

「教授應該有跟你說過，實驗室檢驗免疫力是使用健康檢查時取得的血液樣本。」

「教授是有跟我說過這件事……啊，我聽懂你的意思了。」

黑須點點頭，繼續往下說明。

「去年是實驗室首次針對免疫力進行調查，因此我們檢驗了所有的學生和教職員的血液樣本，事後我們也保存了那些血液樣本。不過，由於數量眾多，所以我們把那些血液樣本全部存放在富士中研。因此，我便直接委託富士中研針對真壁的血液樣本進行分析。」

「結果呢？」我緊張地問。

「我早上剛出門就接到他們的電話了，結論就是他和飯倉染上了同一種病毒。我想，我們應該很快就可以收到富士中研的詳細檢驗結果。如何？這個結果很驚人吧！」

「是啊！想不到我最害怕的結果竟然是事實。」

從這個結果來看，飯倉已經是第二個受害者，而犯人在去年便已經開始有了行動。東條在真壁的手腕上看到的血痕，以及我在飯倉的脖子上看到的淤傷，這二者都是吸血鬼造成的傷痕。

「犯人會不會是和真壁與飯倉有過節？」

黑須伸出食指推了下鼻樑上的太陽眼鏡。

「有可能，但因為我剛開始著手調查，所以目前只查到一些他的生活背景。不過令人意外的是，他的人生還蠻悲慘的。你看這個！」

黑須從口袋中掏出一張折疊的紙後，遞向我。我打開後發覺，那是一份新聞報導的影印，標題寫著：「長期照護的悲劇」

「這是……」

「你待會再看，我先大致跟你說明一下。這個事件發生在前年的五月份，悲劇主角就是真壁的媽媽。」

我看了一眼標題下方的報導內容，「三人死亡」的文字立即竄入我的眼簾。

⑧血像為血球分類計數報告，包括循環血液中各種型態血球（紅血球、白血球、血小板）之總數，紅血球、白血球之分類計數及比率等。

「她的父母親，也就是真壁的外祖父母全罹患了失智症，而真壁的父親似乎是個纍冷血的人。自從真壁的外祖父母發病後，他便像逃難似的前往海外工作。或許，他並沒有把他們當成是自己的親人吧！」

「真壁本人的反應如何？」

「記者有採訪當事人的親屬，不過他似乎並不曉得祖父母的狀況。可見他母親可能是擔心影響到兒子的研究工作，所以一直隱瞞他這件事。」黑須面無表情地陳述著。

「但或許是她背負的壓力實在太大了，最後導致這場悲劇。直到警方打電話到衛生疫學研究室通知他的那天，他才曉得自己的母親已經自殺身亡。」

黑須有如親眼目睹般地描述著現場的狀況。

真壁的母親看起來死意堅決，她在橫樑上纏繞了好幾圈塑膠繩後才上吊，而她看護的兩名老人則是死在隔壁的房間。根據警方的調查，兩名老人的死因是被人勒死，因此他們認為真壁的母親可能是不堪長期照護的壓力，才會選擇帶著自己的父母一起上路，當時的新聞媒體也都認為這件事是高齡化社會下的悲劇。

「鄰居說，真壁當時的情緒看起來非常低落。葬禮上，他還一度放聲大哭，引得許多觀禮者也隨著他掉下眼淚。儘管如此，他還是很快地回到了研究的崗位。」

「原來他有這麼一段過去……不過，這和吸血鬼的事件有什麼關係呢？」

黑須點點頭，手搭上我的肩膀。

「這就是我接下來要調查的方向。我想要請你幫個忙。」

「啊？」

4

四月二十日（星期五）

傍晚六點多，我在連綿不絕的陰雨下，撐著傘走向理學院二號大樓。

「啊，可以光明正大走在校園裡的感覺真好。」

儘管即將與一群嫌疑人見面，黑須看起來依舊一派輕鬆，這讓我對他感到更加佩服。我心想，他果然擁有和桐島教授一樣的基因，他的沉著如果是一種刻意的表現，那就表示他有著相當強韌的意志。

由於我有事先聯絡研究室，當我們走到二號大樓的玄關時，便看見長瀨已經坐在大廳等待我們。我一看到她圓滾滾的身材，頓時感到心情輕鬆了一點。

「不好意思，又來打擾你們。」

「沒關係，這位是？」

「妳好，我是吸血鬼……哈，我只是在開玩笑。」黑須打了個哈哈後，向長瀨遞出名片。「這是我的工作。很高興認識妳。」

長瀨看過名片後，露出奇怪的表情看著黑須。

「我還是第一次碰到從事偵探工作的人。」

「因為從事這一行的人很少。不過，對我來說，我倒覺得從事研究的人更罕見。完成博士課程後，妳就會成為研究室的正式職員嗎？」

「不會，我想事情沒有那麼簡單。因為我們研究室的規模比較小，所以去其他大學找工作可能還比較實際一點。」

「嗯，聽起來從事研究工作還蠻辛苦的。」

就在黑須與長瀨對話的空檔，我回想起在前來這裡以前所看到的一份調查報告。

長瀨香穗里，二十五歲，出生於埼玉縣。大學就讀於東京科學大學，並於該校的衛生疫學研究室修完碩士課程。目前，正在同一個研究室攻讀博士學位。她的研究內容是調查一般人的病毒感染經驗，並藉由統計數字檢視病毒的變異狀況。以一位研究人員來說，她的研究成果不算突出，但同事們對她的印象都不錯。從黑須的調查報告看來，她的私生活也沒有任何不好的傳言。

「芝村說，你有事情要問我？」

「沒錯，我們可以找個房間再談嗎？」

「那我先帶你們去會議室吧。我想這個時間應該沒有人在使用會議室。你們想找其他人一起談嗎？」

「不用，我希望可以一個一個談。」

長瀨一臉疑惑地哦了一聲後，轉身往前走去。

召集所有人一起問話的方式雖然比較有效率，但如果有其他人在場，與會者在回答問題時就會有所顧慮。尤其當詢問的內容涉及他們死去的朋友時，與會者更不可能說出任何損及死者名譽的事。

「你打算怎麼進行？」

「你跟他們比較熟，所以由你來問話，他們比較不會有警戒心。如果有疑問，我會隨時提出問題。」

「好。」

我和黑須一邊低聲商量一邊同走進會議室。

長瀨招呼我們坐在上座，問：「芝村，那個新生的病情有好一點嗎？」

我搖搖頭並坐下後，回答：「他還在住院，目前也沒有好轉的跡象。」

「知道是什麼病了嗎？」

「還不知道，所以才會這麼擔心。目前院方只能盡力讓他的病情維持穩定。」

「這樣啊，聽起來真的很讓人擔心。」

「我想順便請教妳，」我裝作若無其事地問。「如果飯倉是感染了不明病毒的話，治療上會不會很困難？」

「如果是病毒，治療上可能就會有點棘手。」長瀨皺著眉頭說。

「感染病毒真的這麼難以治療嗎？」

「你想想看，儘管目前已經找到了可以治療愛滋病的藥物，但愛滋病依舊被稱為不治之症。病毒是一種介於生物與非生物之間的特殊物體，它不具有細胞結構，即使施打抗生素也無法直接破壞病毒。再加上，各種病毒的進化模式不同，彼此的分子形態往往有很大的差異，對某種病毒有效的藥物，不一定適用於另一種病毒。甚至可以說，每一種藥物都只能用來針對某種特定的病毒。」

桐島教授也說過，現有的肝炎治療藥物無法殺死J型肝炎病毒，只能重新研發新的藥物。但就算是大藥廠要研發新藥也得花費數年的時間，因此她目前正在努力尋找其他的治療方法。

「目前看來飯倉的病情已經陷入膠著的狀態。那麼，你們今天來是想要問什麼？」

「我們想向妳請教有關真壁的事。」

長瀨聽到真壁的名字時，皺起了眉頭。

「你們怎麼會想要調查他的事？」

「聽說，真壁是在去年去世的。事實上，飯倉的症狀和真壁很像，所以我們想要調查兩者的關聯性。妳知道真壁為什麼會突然生病嗎？」

「我怎麼可能知道。」長瀨一臉不高興地回答。

「也對。」

這麼一來，只好轉向調查她是否知道真壁和什麼人有過節。

「真壁在研究室裡扮演什麼樣的角色？」

「他可以說是我們研究室裡最重要的人物，所有人都對他抱持著很高的期待，而他的表現也不曾讓我們失望。」

「他和其他人的關係還好嗎？」

「當然，他做事認真、待人親切，而且又很照顧學弟妹。我覺得他甚至比高本副教授還要熱心於研究的工作。」

「聽起來，他似乎是個很優秀的人。」

我把雙手放在膝蓋上，準備進行更深入的詢問。但我轉頭看向黑須時，他對我點了下頭，他的表情彷彿在說：這個問題讓我來吧！

「我曾經對真壁進行了一些簡單的調查，其中包括他家人集體死亡的事件。在發生這件事的前後，他有沒有出現什麼異樣？」

「我不能說他完全沒受到這件事的影響，他原本就很熱心於實驗，發生這件事後，他更是全心投入實驗。

有一次，我和他聊到研究的方向時，他告訴我，他以後想要利用病毒的技術找出治療失智症的方法。我想，發生那件事之後，他就找到了自己未來的研究方向。」

「聽起來，他好像很忙的樣子。不過，他總會有休息的時候吧？聽說你們都會定期在高本家舉辦同樂會。當時，他有沒有去參加你們的同樂會？」

「同樂會是一個大家可以敞開心胸談話的場合，所以即使發生了那件事，在他住院以前，偶爾還是會參加同樂會的活動。」

「這樣啊——」我轉頭看向黑須的側臉時，透過鏡框看見他的眼睛散發出奇異的光芒。「聽說妳自從真壁死後，就沒有再參加同事們的同樂會。」

這件事是我從高本副教授那裡聽來的，而長瀨聽到黑須提到這件事時，臉上立刻露出疑惑的表情。但隨後她便老實地點了點頭，並小聲地說：「自從發生那件事以後，我就沒有心情再和他們喝酒聊天了。」

「我知道這個問題很沒有禮貌。聽說，妳在去年的秋天，由於生病而向學校請了一個月的假。雖然真壁的死的確令人感到相當難過，不過我想問的是，真壁和妳真的只是單純的學長學妹關係？還是，你們有更特別的關係？」

黑須身上散發出獵食者試圖咬死獵物般的可怕氣息。這種專業的審問技巧，不禁讓我打了個冷顫。

長瀨沉默了很長一段時間後，深深地嘆了口氣。

「我的確喜歡真壁，但很可惜這只是一場單戀，我們之間從來沒有發生過任何不可告人的事。」

她在說出這有如告白似的證詞後，微微地笑了一下。

接下來，我們原本打算詢問高本副教授，但他今天剛好因為身體不舒服請假，我們便請東條來到會議室。

東條慎二，二十三歲，出生於千葉縣，目前獨自住在大學附近的公寓。應屆考上東科大，正在攻讀碩士二年級。曾經是超自然研究會的會長，對超自然現象很有興趣。根據她的學妹江崎的說法，自從東科大開始流傳目睹吸血鬼的事件後，他便經常利用晚上的時間在校園裡四處閒逛。

一個正在學習科學的人卻又相信不科學的事實，這種事聽起來雖然很矛盾，但我想他應該有自己的道理吧。

東條走進會議室後，一看到黑須便睜大雙眼，說：「你該不會就是傳說中的那個吸血鬼吧？」

「你好！我原本只是不想引人注目，才會刻意穿著黑色西裝。」

「芝村，這究竟是怎麼一回事？」

東條苦笑著坐下後，我向他說明了事情的原委。

「嗯，這麼說來你們這次來的目的是要調查真壁的事。你們是想要聽聽我的意見嗎？」

「嗯，由於飯倉和真壁有可能遭到吸血鬼的攻擊，所以我們想要聽聽你對這件事的看法。」

東條一臉疲累地搖搖頭。

「事實上我已經把知道的全告訴你了，而且我也沒什麼新的情報。」

「我們現在正在調查真壁是否和什麼人有過節……不知道你對真壁的印象如何？」

「真壁是個非常優秀的人材，雖然我和他只共事了一年半，但這段期間已經足夠讓我了解到他的傑出。失去他對我們研究室是很大的損失，儘管我接下了他的後續研究工作，但始終沒有辦法做出進一步的成果。從這一點，也可以看出他的能力有多麼出色。」

東條和長瀨一樣，他們都認為真壁是個非常傑出的研究人員。

這時，我突然想到另一個切入點。

「真壁在參加研究室的同樂會時，通常會表現出什麼樣子？」

「這個嘛……他總是會聊到一些很嚴肅的內容。」

「都是些什麼樣的內容？是關於實驗上的事嗎？」

「嗯，差不多都是聊實驗的事，不過……」東條撫摸著自己的長下巴，停頓了一下。

「有一次，他曾經激動地聊到現在的社會問題，包括如何對應超高齡化的社會，以及如何減輕照護者的負擔。我會記得這件事，是因為在那之後，他家就發生了那個事件。你們應該曉得我所說的吧？」

我點頭後，原本在我身旁靜靜地聆聽我們對話的黑須突然舉手。

「關於這點，我有個問題想請教你。對於高齡化社會，你們當時是否有提出什麼樣的對策？」

「其實也沒有什麼新的對策，談到最後大家的結論還是集中在針對人口比例來改善。」

「也就是說，只要增加年輕人的比例，就可以提高勞動力的意思嗎？」

「高本副教授確實提出了這種看法……不過，真壁的主張是要減少老年人。」東條小聲地說。

黑須嗯了一聲後，說：「話雖如此，但這種事情根本行不通吧！」

「嗯，我當時也是這麼說。但真壁接下來卻說了一些很奇怪的話，他說：『不一定，也許有人可以打造出諾亞方舟。』」

我一臉疑惑地問：「這是聖經裡的東西嗎？」

「沒錯，諾亞方舟的傳說出自舊約聖經。這個故事是在描述諾亞一家人因為依照上帝的指示建造了一艘大船，而躲過了一場大洪水。」

「雖然我不是基督徒，但我好像有聽過這個故事。」

我記得這個故事的內容是在描述，上帝為了重新打造已經荒廢的大地而引發一場大洪水。在這場災難中，只有諾亞一家人以及那些可以供人類驅使的動物由於搭上船隻而存活下來，其他的生物則無一倖免。

無論如何，我實在搞不懂這個傳說和同樂會有什麼關聯，因為任何人都有可能說出一些不切實際的對策，而真壁為何會這麼說，恐怕也只有他本人才知道吧。

接著，實驗室陷入了一陣沉默。黑須似乎沒有再提出問題的打算，因此我想這代表這場詢問應該可以就此打住了。

「謝謝你，你的情報帶給我們很大的幫助。」我說完後，朝著東條低頭行禮。

「不客氣，如果你們還有什麼想知道的話，隨時都可以來這裡問我。」

東條從椅子上站起來，伸手抓著門把時又轉過頭。

「對了，你和齋藤的關係好像變得蠻好的。」

「這個嘛，因為我最近時常請她幫忙我進行一些調查。」

「原來是這樣……」

東條小聲說完後，原本掛在他臉上的笑容消失了。

「你覺得她這個人怎麼樣？」

由於這個問題太過突然，我只能含糊地回答：「我才剛認識她不久，所以也不知道該說什麼。」

「嗯，那就好。這個人對所有人都很親切，你不要有什麼誤會才好。」

東條一臉真誠地勸告我之後，轉身走出會議室。

五分鐘後，我們調查的最後一位對象齋藤，走進了會議室。我看見她嚴肅的表情時，心底突然感到一股強烈的違和感。

齋藤莉乃，二十四歲，出生於北海道，目前正在攻讀博士的第一年，而她的研究內容則是在鑽研如何使用病毒來進行基因的治療。由於她在大學時代曾經參與自治會，因此她現在仍然會偶爾前往自治會的社團辦公室。根據黑須的報告，齋藤目前似乎還沒有特定的男朋友。

齋藤緩緩地拉了一把椅子坐下後，問：「這位是——？」

黑須立刻機靈地站起來，並向齋藤遞上自己的名片。

「妳好！」

齋藤看過名片後，臉上浮現驚訝的表情。

「你是偵探？」

「嗯，不過妳別誤會了……」

接著，黑須便又像和我初次見面時一樣，開始向齋藤解釋他並不是個名偵探，以及他的工作內容大多是一些瑣碎的調查工作。

「這樣啊……我聽同事們說，你們來這裡想要找出一些和真壁的疾病有關的情報。」

我搖搖頭後，說：「妳已經告訴過我許多真壁的事了，因此我們接下來只要再詢問過高本副教授就可以了。」

高本伊佐雄，四十二歲，出生於東京。我原本以為他大概三十幾歲，因此知道他的實際年齡時，我感到有點驚訝。他從東科大畢業後，便一直待在衛生疫學研究室擔任助理教授的職務。二〇〇八年三月，他前往關西的某間私立大學任教，直到衛生疫學研究室的教授在二〇一〇年退休後，他才以副教授的身份回到衛生疫學研究室。他在研究成果上雖然沒有特別突出的表現，但個性隨和，因此擁有不錯的人緣。

「可是，高本副教授今天請假……」齋藤說。

「嗯，不過我們有些問題想問他，而這件事又不能拖太久，所以我們會再找時間前往他家拜訪。」

「你們要問他什麼事？」齋藤問。

「我們要問他一件很重要的事，等到我們問完後再告訴妳。」黑須說。

高本副教授住在大學附近的一棟洋房，總會定期邀請研究室的同仁前往他家開同樂會。聽說他祖父在從事貿易並累積了龐大的資產後，從一個義大利人的手上買下這棟洋房。他的父母目前並沒有和他一起住在那棟洋房，而是在夏威夷過著悠閒的生活。從這些情報看來，高本副教授稱得上是過著上流階級的生活。

「我想讓你們看一樣東西……」齋藤從白袍的口袋裡拿出一張照片。

那是一張團體照，地點則是理學院二號大樓的大門前。所有衛生疫學研究室的人員全出現在這張照片上，高本副教授則是站在中央的位置。

「這張照片是在去年的四月拍的，真壁就是這一位。」

齋藤指著照片中站在她身旁的一位高個子男性。真壁穿著黑色毛衣、灰色牛仔褲，戴著一副很適合他的銀色鏡框眼鏡。雖然他的打扮很單調，但表情沉穩，感覺起來似乎是個很和善的人。

忽然間，我感覺自己好像曾經在哪個地方看過他，再看了幾秒後，才驚覺他的長相和飯倉有點類似。雖然他們的長相還是有著些微的差異，但猛一看真的會覺得這兩人長得很像。

「他長的很帥，我想應該有很多人都有這種感覺吧。」

「……是啊！」齋藤虛弱地微笑了一下。

「那麼，有關真壁的事……」

正當我準備往下詢問時，齋藤臉上露出異樣的表情，看起來似乎不太舒服的樣子。

「怎麼了？」

「我不知道該不該告訴你們一件事……」

「妳儘管說沒關係。」

齋藤咬著下唇，露出一臉痛苦的表情。

「我可能已經變成了吸血鬼的攻擊目標。」

「有這種事？」

「昨天，我收到一封來路不明的簡訊……」

齋藤拿出手機，找到那封簡訊，上頭寫著：「我看到妳在夜裡和一名新生在校園裡散步。別繼續招蜂引蝶，否則必遭橫禍。吸血鬼。」

「這裡的新生，是在說我？」

「應該是，我想他大概有看到我們昨晚一起在校園裡散步。」

「高本副教授昨天有提到，他看到樹蔭下有個人……也就是說，那時候吸血鬼就在我們附近。」

「妳覺得有誰會發這種簡訊給妳？」黑須打岔。

「我一點也想不起來有誰會發這種簡訊給我？」齋藤難過地搖搖頭。

「這種跟蹤的行為已經構成了騷擾，我想這個人應該是妳身邊的人。想必他是看到妳和芝村走在一起，因為嫉妒而變得憤怒。我認為，他的個性一定很急躁。」

「嗯……」

「總之，還是小心一點比較好。」黑須說完後，從西裝內側口袋拿出一個類似電動刮鬍刀似的黑色物體。

「這是電擊棒，我先借妳。一旦遇到緊急情況，妳就立刻把它拿出來使用。」

齋藤忐忑不安地接過電擊棒後，小聲地問：「這會不會電死人？」

「放心吧，這種電擊棒的電力沒有那麼強。不過，正因為這種東西沒有辦法當成武器使用，只能防身，沒有辦法給對方致命的一擊，因此妳只要找到機會就得要趕快逃離現場。」

「我知道了。」

齋藤握緊電擊棒，一臉堅定地點了點頭。

5

四月二十日（星期五）

我和黑須結束調查後，一同走回桐島教授的實驗室。

從早上便開始下的雨，如今變得更滂沱了，耳邊只聽得見雨水打在雨傘的聲響。我為了讓黑須聽到我的聲音，只好大聲地問：「你有什麼對策嗎？」

「目前還沒想到，我很擔心那名跟蹤者的事，雖然我們目前所獲得的情報不多，不過也該是花點腦筋去分析這些情報的時候了。」

「你有什麼好點子嗎？」

「沒有，我說過了，我不是個名偵探。這可不是我故意謙虛，而是我雖然很喜歡收集情報，卻很討厭思考。我們就把推理的事交給教授吧。畢竟她是諾貝爾獎得主，或許她可以從這些零散的情報中找到一些蛛絲馬跡。」

「也對，搞不好教授可以很快地解決我們的問題。」

我們朝著理工大道往西走時，我的耳邊突然傳來一陣熟悉的旋律。我立即想起這是尾崎豐的《喔，我的小女孩！》（Oh My Little Girl）。有一次，電視上的音樂節目在介紹這首歌時，我爸告訴我，我剛好出生在這首歌發行的那年。因此，聽到這首歌，便不由得開始想念起我的父母。

「才剛說到她而已，」黑須從胸前口袋掏出手機。「喲——這不是姨祖母嗎？妳好啊！」

過了一會，黑須原本一臉輕佻的表情，開始變得嚴肅。

「好，這件事的確要儘快，我待會就過去。」

黑須掛斷手機後，突然往前跑去。

「發生什麼事了？」我朝著他大喊。

黑須停下腳步，回頭喊：「教授已經找到可以對抗病毒的藥物了。我現在要去富士中研拿藥。詳細的情況，你可以待會再問教授。」接著，他便飛快地跑走了。

「教授！」

我一走進實驗室，便看見桐島教授趴在實驗台上。

「哦，芝村。」

教授無精打采地挺起身體，空氣中充滿了水蜜桃牛奶的氣味。

「妳怎麼了？」

「我做了太久的實驗，所以不小心睡著了。」

昨天，桐島教授還有如護法金剛般讓人感覺不怒而威，但如今的她看起來卻像個彌勒佛般和藹可親，臉上更是帶著一種完成任務後的滿足神情。

「妳剛剛是不是有打電話給黑須，告訴他妳已經找到抗病毒藥物了？」

「嗯，沒錯。我已經有很長一段時間沒有從事這種研究，不過我還是找到了可以對抗J型肝炎病毒的藥物。」

「妳是怎麼辦到的？妳不是說過，就算是世界級的大藥廠也得花費數年的時間才能找出可以對抗J型肝炎病毒的藥物？」

「其實，這也沒什麼大不了的。因為，我並不是去開發出一種全新的藥物，而是從一些處方藥、實驗試劑和我手邊的藥物去逐一檢測。一般而言，新藥都得經過物性和藥物代謝的評估過程，但因為情況緊急，所以也不可能有時間去做這麼詳細的評估。而且，只要這種藥物沒有致命的毒性，就可以在病人的身上大量投藥來對抗他體內的病毒。雖然我的方式有點土法煉鋼的味道，不過我還是很幸運地發現有一種來自非洲中部森林的植物抽取液，可以有效對抗J型肝炎病毒。目前手邊只有少許的劑量，不過富士中研有足夠的庫存。我相信只要在飯倉身上施打這種藥劑，他的身體一定會逐漸康復。」

教授半睜著眼努力地解釋時，她的表情看起來就像個一臉睡意卻又喋喋不休的幼稚園小孩那般逗趣。

「關於這次事件的調查，有什麼新的進展嗎？」

「根據病毒的來源，犯人肯定是衛生疫學研究室的工作人員。只是，我們目前還沒有掌握到特定的對象。」

「這樣啊。你們不要太過深入……」

教授開始在椅子上搖晃了起來。

當她往一側傾倒時，我趕緊衝向前扶住她。當我發覺自己正抱著一個既溫暖又柔軟的女性身體時，不自覺地低下頭，從她的領口窺見衣服底下的白色胸罩。「對不起！」我一邊道歉，一邊急忙轉開視線。

我等待著教授自己坐起身體，但她始終沒有任何反應。我小心地注意著自己的視線，再度低頭看向她時，發覺她已經睡著了。我想，她一定是因為太過投入實驗，把自己累壞了。她原有的氣勢已經不見了，眼前的她看起來就像是個小女孩一樣。我對於教授的辛勞感到不捨，而這既然不能稱之為是一種母性本能，或許多少可以稱之為是一種父性本能吧。

教授真的太辛苦了……

她這麼拚命都是為了拯救飯倉的性命。我想，就算是科學之神也會同意讓她在今天好好睡一覺吧。

我看了天花板上的監視器一眼後，在盡可能不搖醒教授的情況下，背著她走向她的寢室。

在完成事務性工作後，我比平常提早約一個小時離開實驗室。

這時，我收到一封來自齋藤的簡訊。她在信中說她有話要說，並請我有空時撥個電話給她。她或許是發現了一些新的情報，便立刻打電話給她。

「喂，芝村？」

「喂，我看到妳的簡訊了。怎麼了嗎？」

「嗯，我跟高本老師聯絡過了，他說我可以去他家找他。你現在有空嗎？」

「咦，這時候不會太晚嗎？」

「我騙他我有些實驗上的問題要當面問他，所以我得跟你一起去才行。」

「這會不會……」

「如果我沒去的話，老師應該會覺得很奇怪吧。而且，你只是去問事情而已，應該沒什麼關係吧。」

齋藤說的沒錯。黑須人不在東京，但我還是得繼續進行調查。如果齋藤和我一起去的話，我也會感覺比較安心一點。

最後，我接受了她的建議，兩人一起前往高本副教授的住家。

晚上八點，我走到兩人約定的大學正門後，看到齋藤已經撐著一把素面的透明雨傘站在那裡等我。

「那個偵探呢？」

「他前往山梨縣處理一些急事，所以這次只有我。」

「不好意思，臨時通知你。」

「哪裡，這也是我們自己拜託妳幫忙的。好了，我們走吧。麻煩妳帶路囉！」

「沒問題。」

學校的正門連接著一條筆直的步道，我和齋藤沿著那條步道走到底端的長階梯。攀著扶手走下那段階梯後，穿過一條馬路走上通往車站的人行道。這條道路的兩旁有許多以學生為目標客戶的餐廳，因此我一邊走一邊透過餐廳的玻璃門窺視著店裡的情形。

過了一會，我看見遠方出現了車站的兩層樓建物。這時，剛好有一列白底粉紅色條紋的列車駛過高架鐵路。或許是我很少看到這種列車，因此感覺眼前的場景有點虛幻。

我們繼續沿著鐵道旁的人行道前進後，周圍逐漸變得寂靜。我想，這或許是因為我們走進了住宅區，而餐廳和飲料店全集中在一段距離以外的車站前。

齋藤始終不發一語地低著頭走路，而我因為不曉得要和她聊些什麼，只好一直沉默地走在她的身旁。要是果黑須在的話，他一定會喋喋不休地說個不停吧，這讓我不禁開始羨慕起黑須的直率個性。

正當我煩惱著是否該說些什麼時，齋藤突然停下腳步指著前方一棟三層樓的洋房，說：「我們到了。」

「就是那棟嗎？果然是豪宅……」

眼前的洋房不僅規模宏偉，而且看起來似乎已經在這裡矗立了相當長的一段歲月。由於附近的街燈很少，房屋周圍看起來有點昏暗，甚至有點恐怖。如果有人告訴我「這裡頭住著吸血鬼」，我想我應該會信以為真吧。

洋房的外觀在昏暗的光線下難以清楚辨識，不過它的外牆看起來應該是淡藍色。建築物的兩側有兩處三角形的屋頂，使得房屋外形看起來有如一隻貓的頭。這棟洋房有著白色的窗框，但每扇窗戶都拉上了窗簾，因此無法看見屋內的情況。洋房的外圍種了一排樹籬，樹籬正面還有一面嵌著咖啡色方格的滑軌門。從洋房和樹籬的距離看來，這棟洋房似乎有著相當寬敞的庭院。

我在觀察洋房的同時，不知不覺間已經走到了洋房的正前方。

我看到一根與我的身高約略相當的門柱上，裝了一台附有錄影鏡頭的對講機。我和齋藤對看了一眼後，伸手按了對講機的呼叫鈕。

我們等了一會，卻始終沒有任何回應，而這棟虛幻的古宅則是彷彿一直靜靜地盯著我們。

正在我忐忑不安地想著這下該如何是好時，齋藤的手機突然震動了起來。

「是高本副教授打來的電話……」

她接起電話後，三言兩語就掛斷了電話。

「教授說門沒鎖。」

我心想，門沒鎖是表示高本副教授太沒有戒心，還是他懶得走到門口帶我們，又或者是他正感到身體不太舒服。無論如何，目前看來我們只能自己開門走進去了。

我們穿過滑軌門，走上一條石子路，來到洋房的大門口。四周沒有其他聲響，讓雨水敲打地面的聲音聽起來變得更加嘈雜。

我想起黑須的委託後，開始觀察大門四周，並發現大門右上方果然架設了一台攝影機。看來，黑須曾經獨自前來這裡調查。

我確認過後，伸手握住大門的把手，大門果然沒有上鎖。我打開大門先讓齋藤進入後，才繃緊神經地走進屋裡。

大理石地板的換鞋區凌亂地擺放了許多鞋子，包括皮鞋、球鞋和拖鞋等。看起來，高本副教授並不是喜歡整理居家環境的人。

玄關連接著一條長得可以拿來打保齡球的走道，走道上的燈光雖然沒有打開，但還是可以看見走道底有一扇敞開的房門。那扇房門後方隱約透出一點燈光，高本副教授應該是在暗示我們走向那裡吧。

「那裡是客廳，也是我們舉辦同樂會的地點……走吧！」

我們換上客用拖鞋後，緩緩地穿過透著一股森冷氣息的木質地板走廊。

我隨著齋藤走到那扇敞開的房門後，看見高本副教授坐在客廳中央的沙發。他正在操作一台筆電，而他的身體則是籠罩在一股菸霧下。儘管高本副教授有菸癮，但他的健康狀況似乎還不錯。

他把頭轉向我們後，臉上浮現驚訝的表情。

「咦，芝村怎麼也來了？妳不是要問我實驗的事嗎？」

齋藤彷彿想替我解釋似的往前踩了一步。

「對不起，那只是我的一個藉口。今天，芝村來研究室問大家一些事情，目前只剩下教授還沒問。」

「這麼晚了還專程跑來這裡，你們還真的是很投入。」高本副教授苦笑了一下後，指著沙發說：「算了，你們先坐下吧！」

我隨著齋藤往沙發上坐下後，整個身體有如坐上一團雲朵似的往下沉。對我這種習慣了廉價沙發的小市民來說，還是比較喜歡紮實一點的沙發……不過，現在不是想這種事的時候，我得先完成黑須交代的工作。

「我想拜託高本副教授一件事。你的大門口不是有裝設一台監視器？那台監視器應該有裝設紅外線感測器吧？」

「有，怎麼了？」

「我想向您索取四月十日和十一日的錄影檔，也就是你們舉辦同樂會的當天和隔天。」

「你是指祐介也有參加的那次。為什麼需要這些影像？」

「這個嘛……」

黑須在電話中要我設法取得這份錄影檔時，我也問了他相同的問題。但他說，他自己也不確定可以從這裡面找到什麼，只是想盡可能收集所有的資料，提供給桐島教授做為推理的線索。因此，我只能回答高本副教授：「對不起，目前我還沒辦法回答你這個問題。」

「……算了。反正這也沒什麼好隱瞞的。」

高本副教授從書桌上的記事本撕下一張紙，並在上頭寫了些字。

「那台是網路攝影機，所以錄影檔存放在保全公司。只要連到保全公司的網站，輸入這個客戶名稱和密碼，你就可以找到那兩天的錄影檔。」

黑須事前告訴我高本副教授有可能會拒絕，想不到他這麼輕易就答應了。完成這個任務以後，只剩下一件事……

「其實，我今天來這裡還有另外一個目的。不知道我可不可以向您請教一下真壁的事？」

高本副教授皺起眉頭。

「……什麼事？」

「事實上，飯倉和真壁的症狀很類似。」

「你是說，他們兩人染上的是相同的疾病？」

「雖然目前還不曉得，但我想不無這種可能。」我故意回答的很曖昧。「對於他們為什麼會染上這種病，您有沒有什麼看法？」

「不好意思，我真的不曉得。」高本副教授搖搖頭。

我看向身旁的齋藤。

「齋藤，可以請妳先離開一下嗎？」

她一臉意外地「啊」了一聲。

「為什麼？」

「因為我接下來要問的問題，妳聽了可能會覺得不太舒服。」

雖然我沒有辦法清楚地說明，但她似乎是察覺到了什麼，默默地從沙發上站了起來。

「那我在走廊上等你。」

我點點頭並嗯了一聲，她便轉身走出客廳。

我直視她的背影，直到她關上房門後，高本副教授把身體往前傾。「你想問什麼？」

「我懷疑他們兩人是不是和人有過節，老師知道飯倉和真壁之間有什麼關聯嗎？」

「有啊！」

「真的嗎？」這個意外的回答讓我感到精神一振。

「祐介從小就很聰明，只是他的個性比較懶散。我想，這或許是因為他缺乏志向，所以我便拜託真壁在暑假期間擔任他的家教。那時，我還要求祐介住到我家來上課。我心想，儘管祐介不喜歡我的安排，但如果對象是真壁的話應該就不會有什麼問題，因為真壁這傢伙具有一種莫名的魅力。」

「這是什麼時候的事？」

「那時，祐介正在讀國中二年級，所以……應該是五年前，也就是二〇〇七年的夏天。我想，真壁應該教得不錯，因為從那之後，祐介就很崇拜真壁。他還曾經一臉認真地告訴我，他將來想要變得像真壁那樣。」

「哦！」

這真是一段讓人料想不到的過去。我是在上了高中以後才認識飯倉，而那時他給我的印象就已經是一個用功的學生，想不到他原本不是這個樣子。

高本副教授吸了下鼻涕後，撥開垂下額頭的瀏海。

「開學前，他來找我時，那一瞬間我還把他看成了真壁。這時的他不但變得既誠懇又和善，而且十分的優秀。不好意思，我盡是說一些很奇怪的話。」

「其實，我看到真壁的照片時也有相同的感覺。或許，飯倉是刻意想要變得跟真壁一樣吧！」

「……或許吧！」

「另外，我想請問一下真壁和同事間的關係還好嗎？」

「我們研究室的人員很少，所以大家的感情還不錯。再說，我是研究室的負責人，所以也不方便和你談論這種事。」

「事實上，齋藤她……」

原本差點脫口而出告訴高本副教授有人在跟蹤齋藤的事，但高本副教授其實也是其中一個嫌疑人。雖然目前還無法證實那個跟蹤者就是吸血鬼，但我在談話上還是得要有適度的保留。

隨後，高本副教授一臉疲倦地說：「我今天好像有點感冒了，所以身體不太舒服。如果沒有其他問題的話，我想休息了。」

我走出客廳後，便和站在走廊上等我的齋藤一起走出高本副教授的洋房。

我們並行走在冷清的巷子，雨勢開始逐漸加劇，因此我和齋藤各自撐起了雨傘。

「有問到什麼嗎？」

「其實也沒什麼特別的情報。」

「……哦！」

我一邊走，一邊低頭看著柏油路上的積水。

儘管我已經完成了初步的調查，但還是沒有找到關鍵的證據。我想，加害飯倉的犯人應該就是害死真壁的凶手，而他在犯下殺人罪後，一定會更加刻意地掩飾自己的行蹤。

街燈照射下的積水處，在雨水拍打下散射出無數的白色光環，水面上的波紋圖案更是在轉瞬間便有了無數的變化。

這時，我的腦海突然浮現一個不祥的念頭。

對方在擔心事跡敗露的情況下，或許會採取更激烈的手段……

我開始渾身發毛。

桐島教授曾經勸我別太深入。

我這麼做或許會為我們兩人帶來危險……

當我注意到路旁的積水處浮現一個影子時，我的左肩突然遭到一下猛烈的撞擊。失去重心下趴倒在馬路上的那一刻，同時聽見自己的雨傘掉落在地面的聲響。

「芝村！」齋藤大叫。

在不了解發生什麼事的情況下，我很自然地雙手撐著濕漉漉的馬路想要爬起來，但我隨即感覺到有人用腳踩著我的背部，我在一陣劇痛下不由得悶哼了一聲。

我掙扎著想要爬起來，聽到雨聲中夾雜著一道微弱的撞擊聲響。隨後，齋藤跌倒在我的身旁，一臉痛苦地抓著自己的右肩。

了解到情況已經變得很危急後，體內的腎上腺素瞬間發揮了作用。儘管我被壓制在地面，但還是拚命地往後伸手試圖抓住對方。

抓到對方的腳踝了，我開始試著扭倒他，但我的脖子遭到又一下重擊。我一頭撞到地面眼冒金星時，對方又往我的腦袋補了一腳。

眼前的情況對我非常不利，我開始拚命地扭動身體。

這時，對方的腳似乎是因為雨水而滑向一旁。我趁機迅速爬到一旁，並且立刻站了起來。

一個吸血鬼。

由於對方的打扮太過奇特，以至於我一度懷疑自己是不是看錯了。

這個人身上穿著深黑色的燕尾服，披著一頭及肩的銀色長髮，臉上還戴著一張中年男人的面具。我一看到這張面具，便想起自己曾經在販賣化妝舞會用品的商店裡看過這種面具。這張面具的膚色蒼白，缺乏血色的嘴唇上露出兩支獠牙，嘴角還掛著一道血漬。很明顯的，這張面具所代表的人物正是吸血鬼。

吸血鬼從口袋中拿出一樣東西。

我仔細一看，發覺那是一把折疊刀。折疊刀的銳利刀身在街燈的照射下，微微地閃動著光芒。雖然這個吸血鬼是假扮的，但他手上卻拿著一把貨真價實的凶器。

雖然感到背部疼痛，但還是急忙四處張望尋找可以做為武器的物品。我發現我身旁只有那把敞開的雨傘，但距離卻有點遠，只能打消這個念頭。

對方向我逼近了一些，我想到如果我轉身逃跑的話，齋藤有可能會被他殺死，我只能選擇正面與他搏鬥。

這麼一來，齋藤至少會有機會逃跑。

我開始搜尋齋藤的身影時，驚覺吸血鬼的後方有個正在移動的人影。

齋藤似乎正準備揮拳攻擊吸血鬼的脖子。

她手上拿著一個黑色物體，定睛一看那是黑須借她的電擊棒。

「啪」的一聲，吸血鬼忽然倒地抖了一下，手上的刀子隨即掉進水窪。

他在渾身癱軟下跪倒在柏油路上，兩手撐著地面拚命地想要站起來，而他露出在黑色燕尾服外的白色襯衫則被地上的泥水給弄髒了。

我腦中立即閃過一個念頭：現在就是揭開吸血鬼真面目的最佳時機。

我一邊喘氣，一邊緩緩地逼近吸血鬼。

他可能是察覺到我的行動，而抬起頭看著我。隨後，他顫抖著雙腳勉強站了起來，並轉身攀附著民宅的磚牆準備逃離現場。

我心想，不能讓他逃跑。

因此，我忍著背部的疼痛往前踏了一步。

「……等一下。」

齋藤在我背後發出微弱的聲音。我轉頭後，看見她的眼神正在向我發出求救的訊號。

「求求你，不要丟下我一個人……」

「可是，犯人就在那裡。」

「太危險了，說不定他身上還有另一把刀子。」

「可是……」

我心想，一定得追上去才行，回頭看向吸血鬼逃走的方向。

儘管我的身體已經恢復移動的能力，但吸血鬼已經從我眼前消失，而這附近的巷弄錯綜複雜，就算追上去也很難再找到人了。

我嘆了口氣，走回齋藤的身旁。

6

四月二十日（星期五）

雖然我不曉得接下來該做些什麼，也沒有任何具體的方向，但我考慮到齋藤有可能再度遭到攻擊，決定先護送她回她的住處。

我們走出離大學最近的一個車站後，再走約十分鐘抵達一棟十層樓的白色公寓，齋藤的宿舍便是位於這棟公寓的頂樓。

「這棟公寓雖然看起來很新，但屋齡已經有十五年了，看不出來吧？」

搭乘電梯時，齋藤的說話方式似乎變得比以前急躁。我身上的襯衫已經被雨水淋濕了，但我還是勉強附和著說：「嗯！」我一路恍惚地跟著她走進電梯後，才突然想到，如果桐島教授的房間不算的話，這還是我第一次進入女性的房間。

齋藤的房間比我想像的還要整齊，但房間裡沒有我預料中的布偶和抱枕，只擺放了一些基本的家具。我環視房間的擺設時，她苦笑了一下，說：「很簡陋吧？我一直在忙著做實驗，只有睡覺的時候才會回來這裡，而且我也沒有多餘的心力來裝飾房間。」

「其實，我覺得房間的擺設還是簡單一點比較好。」

桐島教授房間裡的擺設比這裡簡單多了，如果齋藤也把自己的人生全都投注在實驗上，將來她的房間一定也會變成那樣吧。

「真的嗎？就算是客套話聽起來還是很開心。你先坐一下。你的嘴巴好像受傷了，我去拿急救箱和毛巾。」

齋藤笑了笑，走到隔壁的房間。過了一會，她走回來時，已經換上長袖T恤和短褲，露出一雙白皙的長腿。

「我這裡只有這個。」她在我對面坐下，拿起雙氧水替我的傷口消毒並貼上ＯＫ繃。

「謝謝！」

「你也去換一下衣服吧。我們的體型差不多，我的T恤你應該穿得下，至於褲子的話，你可以穿我的運動褲。」

渾身濕漉漉的感覺真的很不舒服。我一邊摸著大腿一邊考慮著是要在這裡洗澡，還是先離開，等回家後再洗。

齋藤發現我的猶豫，說：「你這樣會感冒的。」接著，她靠向前準備脫下我身上的衣服。我急忙後退，說：「我自己來。」並請她幫我拿來替換的衣服。

「那你順便洗個澡吧！你可以用我的毛巾。」

「不用了。」

「別客氣……你先去洗個澡，等你平靜一點，我們再來討論剛才的事。」

經她這麼一提，我才想起剛才的事件。前來這裡的途中，我的腦袋仍是一片混亂，因此我根本沒有想到這件事。這時，我不禁開始思考那個人是誰？他為什麼要攻擊我們？以及，他為什麼要打扮成吸血鬼？

「好，那我先借用一下妳的浴室。」

我沖完澡走出浴室時，面前擺著一件全新的T恤、淡藍色運動褲以及我原本穿在身上的四角褲。我轉頭尋找自己的衣服，發現它們正在洗手台旁的洗衣機裡轉動著。

我伸手摸了摸那條四角褲，發覺褲子已經乾了。當我想到齋藤親手洗了這條四角褲，並把它放進烘乾機裡烘乾時，不禁臉紅了起來。

換好衣服走回客廳，齋藤已經坐在桌邊喝著可可。

「太好了，尺寸看起來沒什麼問題。我也幫你泡了一杯，來喝吧！」

「妳是不是有幫我洗衣服？」

「嗯，一下子就洗好了。」

「不好意思，麻煩妳了。」

我尷尬地笑了笑後，在桌旁坐下並端起可可喝了起來。

「剛才到底是怎麼一回事？」齋藤小聲地說。

「那個人的穿著雖然和傳說中的吸血鬼一樣，但我們沒有關於頭髮和長相的情報，因此也無法做出明確的判斷。」

「也許，他就是傳簡訊給我的那個人。」

我點點頭，並摸了摸下巴上的ＯＫ繃。

「他曾經警告，如果我再和妳走在一起，他就要使用暴力手段。或許，從我們走出大學後，他就一直跟在我們後面。」

不過，這個人也有可能是把病毒施打進飯倉和真壁身上的吸血鬼。如果是的話，他的目標就不是齋藤，而是我。

攻擊我們的人到底是誰？

齋藤今天有去學校做實驗，長瀨和東條也都在實驗室，因此他們只要若無其事地進行實驗，就可以輕易掌握齋藤的行蹤。話雖如此，這個攻擊者也有可能就是我們剛剛拜會過的高本副教授。

無論如何，剛才的攻擊者一定是個男人，但這並不代表嫌疑犯就是東條和高本副教授，因為長瀨有可能委託別人進行攻擊。

由於目前仍然缺乏明確的證據來判斷對方是誰，只能保持警戒避免再度遭到攻擊。

「事情的發展已經超出我們所能掌控的範圍，為了避免再次發生類似的事件，我們應該將這件事通報警方。」

齋藤一臉憂慮地看著我。

「我一想到這個人很可能就是我身邊的人時，就感到好害怕。」

她挪動到我身旁，抓著我的手。

「你留下來陪我好嗎？」

「啊？這不太好吧！」

「我一個人的話一定會害怕得睡不著……求求你！」

「可是，這……」

齋藤逼向逐漸往後傾的我，並在我沒有明確表示拒絕的情況下，慢慢把我壓到地板上。壓在我身上的重量和熱力，以及天花板上那盞令人暈眩的燈光，讓我的腦袋變得比遭到吸血鬼襲擊時還混亂，甚至不曉得該如何擺放自己的四肢。

齋藤把臉頰貼著我的胸膛，靜靜地隨著我的呼吸上下起伏。

「這樣感覺安心多了。」

不過，我很難同意這個說法，因為我的心跳快到讓我覺得心臟就快要壞掉了。

「來，你戴上這個！」

齋藤從口袋中拿出一副銀色邊框眼鏡。我正感到莫名其妙時，她已經把那副眼鏡戴到我臉上。那副眼鏡應該是沒有度數的，因為我還是可以清楚看見眼前的景物。

「好，你現在說，我愛妳！」

「啊？」

齋藤的身上飄散著一股清淡的花香，但我不確定那種氣味是來自沐浴乳或者香水。

我聞著那股花香，感覺全身逐漸酥軟時，突然想起那道水蜜桃牛奶香氣，以及桐島教授在實驗室裡獨自辛勤工作的側臉。隨後，所有與桐島教授重逢後的記憶有如洪水決堤般在我的腦海中湧現。

我推開齋藤時，她坐在地板上露出一臉不可思議的表情。

「不好意思，我覺得這樣不太好……」

「你討厭我？」

「不是，我並不是覺得妳沒有魅力，只是覺得這種事最好跟自己喜歡的人……」

「……沒關係，你大概覺得我這個人很奇怪吧。」

「這個……」我緩緩拿下眼鏡。

「我原本以為你戴上眼鏡會比較像，結果還是只有聲音像。」

「妳是說……我像誰嗎？」

「嗯，你的聲音很像真壁。」

齋藤苦笑了一下……這時，我才明白為什麼齋藤之前會誇獎我的聲音，甚至要我對著她說「我愛你」，原來這全是因為我的聲音很像真壁。

「妳……很喜歡真壁？」

「嗯。我進入研究室以後，就一直很喜歡他，真壁也喜歡過我。我們一度有過短暫的交往，他也曾在這裡過夜。」

「這是什麼時候的事？」

「我記得很清楚，我們是在去年的八月一日開始交往的。當真壁對我告白的時候，我真的好開心，那段日子應該是我人生中感覺最滿足的時候……可是，不到一個月後，他就說要跟我分手。不管我怎麼求他，他還是堅持要分手。過了不久，就發生了那件事……」

她自言自語的模樣看起來就像在說夢話似的。

「我知道自己真的很糟糕，我始終無法忘記他。雖然我曾經試著甩掉過去的記憶，但當飯倉出現的時候，過去的一切又瞬間從我的腦海中湧現。」

「這是因為飯倉長得很像真壁嗎？」

「不是，他只是氣質像……但他們終究是不同的兩個人。你也是，你的聲音雖然像真壁，但你們卻是不同的兩個人。這麼簡單的道理我都不懂，我想我真的是瘋了。」

齋藤說完後，我們之間陷入一陣尷尬的沉默。

但過了一會，她突然站起來，而且臉上已經沒有絲毫難過的樣子。

「要不要吃點東西？」

「不用了。」

「別客氣，你的衣服洗完後還得再烘乾，所以還需要一點時間。」

「嗯，那就麻煩妳了。」

「不知道我做的東西合不合你的口味！」她笑了笑，轉身走向廚房，說：「如果你不想留下來也沒關係。」

最後，我還是留在齋藤的宿舍過夜。雖然我沒有辦法代替真壁，但還是可以盡力減輕她的不安。

當晚，我獨自睡在客房裡，裹著毛毯聽著雨聲直到天亮。

第四章

But I will establish my covenant with thee; and thou shalt come into the ark, thou, and thy sons, and thy wife, and thy sons' wives with thee.

但我要與你立約，你同你的妻，
與兒子媳婦，都要走進方舟。
——創世紀第六章第十八節

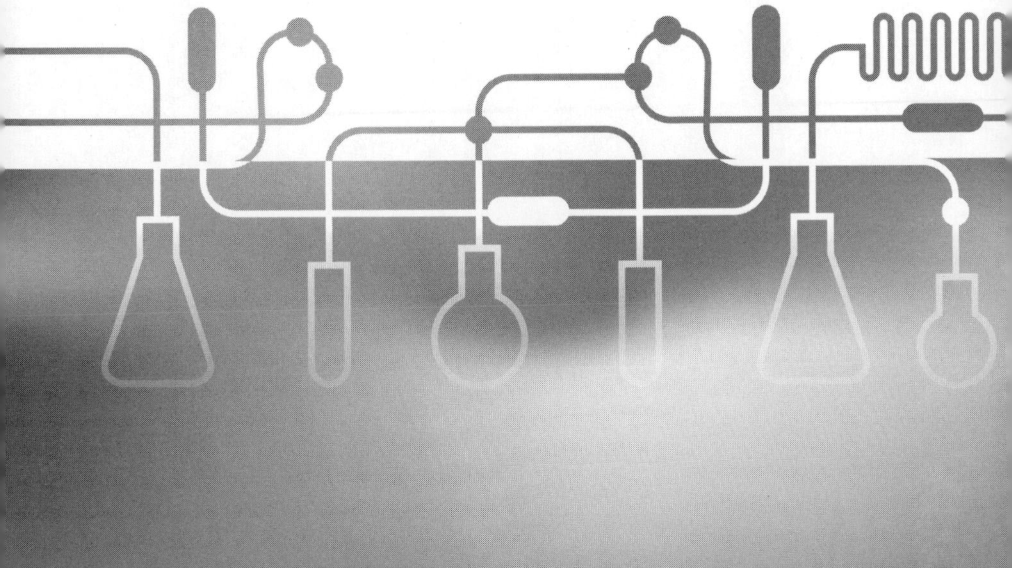

1

四月二十一日（星期六）①

早上，我離開齋藤的公寓後，直接前往學校。

外面正下著滂沱大雨。一路上，我甚至感覺自己有如走在瀑布底下。

穿過正門，走過合作社，在禮堂前的十字路口轉向西行。我每往前踩出一步，便感到背部一陣抽痛。

由於徹夜未眠，我的腦袋變得昏昏沉沉，但雙腳還是很自然地走向實驗室的方向。我想，這大概不是因為我很喜歡工作，而是我很想看到桐島教授吧。

走進辦公室後，我先從貨物電梯中取出剛才放進的物品。我把便當放進傳遞箱時，突然想知道教授在做什麼，便撥了通電話給她。

「喂！」

雖然這聲音既簡短又冷漠，但卻帶給我回家的感覺。

「是我，妳身體有好一點嗎？」

「我昨天只是太累了，睡了八個小時以後，精神好多了。待會，我就要開始繼續罕見疾病的研究工作……不過，在這之前我得先處理一件事。」

「什麼事？」我說完後，電話那頭傳來一陣有如狼嚎似的聲音。「咦，什麼聲音？」

「……是我肚子的聲音。不好意思，我想麻煩你幫我加訂十份便當。」

雖然教授的回答證實了我的猜測，不過我還是第一次聽到人類的肚子發出如此巨大的聲響。

「抗病毒藥物的事進行得怎麼樣了？」

「征十郎有跟我聯絡過這件事。他說，他已經把藥品送到富士中研，並儘速安排飯倉進行點滴注射。接著，他就又開始胡說八道，要我準備一台直升機什麼的。」

「聽起來事情進行得蠻順利的……接下來，就只剩下找出那個吸血鬼了。可是，這件事目前似乎已經陷入膠著。」

「關於這件事，征十郎剛才在電話中有提到他想召開推理大會。聽起來，他似乎是打算利用現有的情報來推論出犯人究竟是誰？」

「這樣啊……那教授有時間嗎？」

「雖然我們已經找到抗病毒藥物，但還是得預防對方使用更激烈的手段。而且，如果沒有好好運用你們辛苦收集的情報也很可惜，因此我打算參加你們的推理大會。」

教授的加入讓我感到安心不少，因此我朝著實驗室的方向低頭道謝。

插曲

高本伊佐雄起床後感覺到自己還有一點發燒的症狀。

他皺了眉頭，明明自己昨天已經休息一整天了，想不到還是沒有完全康復。病懨懨的高本一如往常地，起床後立即點了根菸。對他來說，即使知道自己快死了，他還是會在起床後先來上一根。

拉開臥室的窗簾看向中庭，嘆了口氣。儘管他依舊感到有點不舒服，而外面也還在下雨，但還是得出門上班。今天是星期六，對一般人來說，留在家裡休息似乎是再正常不過的事。但如果他多休息一天，他的研究進度就會往後延宕一天，因此他怎麼也無法安心地在家裡休息。

高本看著迷濛的雨景，回想起昨晚的事。

那兩人離開這裡之後，去了哪呢？

去年，真壁過世後，高本便發覺齋藤一直處於低潮的狀態。他心想，這大概是因為齋藤始終無法走出那次事件的陰影。他為了讓齋藤打起精神，便介紹她認識自己的姪子飯倉祐介，卻萬萬想不到，這種事竟然也發生在飯倉的身上。

自己身邊已經接連發生兩次不幸事件後，抓了抓頭想著，難不成自己是個瘟神？甚至想到，自己也許就是下一個受害者。

他苦笑了一下，並把手上的香菸捻熄在床邊的菸灰缸裡。

高本一如往常地在早上九點半走進實驗室，發現齋藤莉乃已經來到了實驗室。

「早！」他輕聲地打了聲招呼。

「早！」手上拿著試管的齋藤有氣無力地回應。

高本感到不太對勁，因此問：「怎麼了，妳好像沒什麼精神。昨晚，妳和芝村之間發生了什麼事嗎？」

「沒有。」齋藤搖了搖頭。

高本認為齋藤在說謊，但他知道再繼續追問下去，也不會有什麼結果。

他心想，如果找其他人和她聊聊，或許她會吐露實情。因此，他決定待會再拜託長瀨這件事，並轉身走向另一頭的辦公室。

正準備打開實驗室的房門時，東條剛好同時開門。

「早！」

東條小聲地打了聲招呼後，通過高本的身旁走向自己的實驗台。高本不經意間發現東條的脖子上貼著OK繃，並想起芝村曾經提過的吸血鬼事件。

高本回頭走向東條，並喊了他一聲。東條轉頭看著高本，並把一隻手伸進白袍的口袋。

「有什麼事嗎？」

「你這裡怎麼了？」高本指著自己的脖子。「你該不會也被吸血鬼咬了吧？」

儘管高本以開玩笑的口吻詢問，但東條卻是瞬間臉色丕變。

「……你發現了？」

「啊——發現什麼？」高本一臉疑惑地問。

這時，靠近門口的實驗台處突然傳來玻璃碎裂的聲響。高本轉頭看向齋藤時，發覺齋藤沒有看向地上的碎玻璃，而是一臉驚訝地看著東條。

「你脖子上的傷是不是電擊棒造成的？」

「什麼電擊棒？」

高本一臉困惑地走向齋藤。

「這下你全知道了吧？」

東條突然大叫。

高本轉回頭時，驚覺東條的手上已經多了一把刀子。

東條一臉殺氣地舉起刀子，筆直衝向齋藤。

「齋藤，妳快跑！」

高本喊完後，橫身擋在東條前方。

這完全是一種本能的反應。

但在一道銀光閃過後，高本立即感到一股灼熱的疼痛，同時發現自己的鮮血正噴濺到實驗室的亞麻地板上。

2

四月二十一日（星期六）②

我不知道為何自己會孤伶伶得站在一片白霧裡四處張望。茫然地四處遊蕩後，看見遠方出現一個獨自佇立的女人。

她是齋藤，我打算呼喊她時，一個男人走近她的身旁，那個男人竟是已經去世的真壁。真壁撫摸著她的背部，並且對她說了些什麼，而他們兩人的互動看起來似乎很親密。

隨後，他們的後方又出現了另一個身影。

我看清楚那個人的面貌後，頓時全身發毛。那個人的臉上戴著吸血鬼面具，而那張面具和昨晚攻擊我的人所戴的面具一模一樣。

吸血鬼隔著一段距離注視著那兩人，但似乎沒有加害他們的意圖。

我目瞪口呆地看著這三人時，耳邊突然響起一陣警報聲。

警報聲不但沒有絲毫停止的跡象，而且音量還不斷地加大。

隨後，我注意到這不是警報聲，而是……

我猛然挺起身體，發覺我正坐在地下辦公室裡。

流了一攤口水，剛才應該是不知不覺趴在桌上睡著了。

電話鈴聲持續鳴響，儘管我仍然感到昏昏沉沉，還是急忙接起電話。

「喂！」聽到桐島教授的聲音，整個精神突然振奮了起來。

「征十郎到了吧？」

「哦？」我環視辦公室時，黑須正好走出洗手間。

「嗯，他來了。」

「那你過來我這裡，我們要進行視訊會議。」

我答應並掛下電話後，轉頭問黑須：「你來多久了？」

「不到一個小時，我看你睡的正香，所以就沒有叫你。」

我低頭看了下手錶，時間已經接近中午。

「好了，我們可以準備開始進行推理了。」

我看著黑須一臉興奮的神情，心想我最好趕緊前往實驗室。

完成視訊會議的架設後，桐島教授便神態自若地往電腦前坐下。

「好啦，我們要先從哪裡開始？」黑須的口吻還是一如往常地輕佻。

「不好意思，我還不太了解這次的事件，所以你得先稍微替我描述一下這整件事。過程中，如果我有聽不懂的地方，我會隨時詢問你。」

「好，不過我不是很擅長說話，只好請姨祖母多包涵囉！」

黑須表現得很謙虛，但真要提起說話技巧，大概沒什麼人比他強吧。事實上，他也的確在很短的時間內把吸血鬼事件的來龍去脈說明得一清二楚。

我等黑須描述完後，舉手說：「我想報告一件事。我昨晚曾經遭到吸血鬼攻擊。」

「難怪！」桐島教授瞪著我。「我就想說，你下巴上怎麼會貼著ＯＫ繃。」

我心想，這下慘了，教授生氣了，但也只能硬著頭皮清楚交代昨晚的事件。

「這就是為什麼我要你小心一點。」桐島教授嘆了口氣。「你只是擁有很好的免疫力，但你身體的其他部分和普通人沒什麼兩樣。你行動這麼魯莽只會帶給其他人困擾。」

「對不起，我以後一定會小心一點。」

「你報警了嗎？」

「還沒。」

「這種事難保不會有下次。待會你先去報警吧。」

黑須發覺教授似乎變得不太高興，為了打破僵局而刻意以爽朗的口吻說：「從犯人的力氣上來看，吸血鬼應該是個男人，單從這一點就可以減少嫌疑犯的人數吧！」

但桐島教授卻搖搖頭說：「很難說。」

「為什麼？」

黑須在銀幕上露出疑惑的表情。

「嫌疑犯有四個人，對吧？」

「沒錯，包括高本、長瀨、齋藤和東條。」

「衛生疫學研究室申請J型肝炎病毒以後，研究室裡始終只有這四個人嗎？」

「是的。除了已經去世的真壁，研究室在去年和今年都沒有新生加入，也沒有學生畢業。」

「嗯，那麼我們就以四個人為前提來推論吧。我先問芝村，如果想從這四個人裡面找出特定的犯人，答案會有幾種？」

「這個嘛——」

由於這個問題太突然，因此我一時間楞住了。

我想了一會兒，回答：「四種吧！」

黑須立刻插嘴：「如果是四種的話，我也答得出來。」

「如果犯人只有一個，那答案確實只有四種，但如果有共犯呢？」

黑須往後仰起身體。「要考慮這麼多嗎？」

「當然，如果要把所有的可能性全考慮進去，那我們就得假設所有人都有可能是犯人。不過，為了不讓討論變得太複雜，所以我們暫時不考慮有外部的參與者。」

「教授，如果有共犯的話，答案有幾種？」我不安地問。

「十五種。」教授果斷地回答。

「十五種！？」黑須發出驚訝的語氣。

「沒錯，每個人都有是與不是犯人的兩種答案，而嫌疑人有四個，因此答案數就變成二的四次方，也就是十六種。排除『所有人都是犯人』的可能性後，答案剩下十五種。」

「我們得逐一討論每一種可能嗎？」黑須露出不耐煩的表情。

桐島教授一臉理所當然的表情，並點頭說：「既然要討論，就得要考慮到所有的可能性，並且善加利用我們手上的情報。不過，我們很難去猜測對方的動機，因此只能就或然率來討論。」

「或然率是什麼？」

「或然率就是一個事件中某些現象發生機會的測量值，或是出現的可能程度和機率。接下來，我們得藉由或然率最高的答案，也就是最適切的答案，來拚湊出事件的真相。因此，除了已經可以證明的事實，我們還得提出各種可能的解釋。首先，我們就從飯倉染上病毒的事件開始談起。」

我發覺討論的時間似乎會拖得很長，便抓了把身旁的椅子坐下。

「假設飯倉的確是因為吸血鬼而染上了J型肝炎病毒，那麼從他脖子上的淤青可以推斷出他感染的途徑應該是血液傳染。而且，透過一些證人的證詞推斷，飯倉應該是在前往高本家參加同樂會後才出現那塊淤青。因此，接下來我們就以這些條件來進行推理。」

「長瀨沒有參加那場同樂會，」黑須插嘴。「這是否代表我們可以將她從吸血鬼的嫌疑名單中排除？」

「長瀨有沒有可能在同樂會結束後前往高本家？」

「她那天沒有去高本家。因為，高本家的門口有裝監視器，而我已經確認過同樂會當天以及隔天，也就是四月十日以及十一日的錄影畫面中，沒有錄到長瀨的身影。而且，這段期間除了三名嫌疑人和飯倉之外，監視器也沒有錄到有其他人在高本家出入。另外，高本家有和保全公司有簽訂保全服務，而從保全系統沒有出現警訊的情況看來，高本家的窗戶和後門都沒有遭到侵入。」

「這麼說來，應該可以排除長瀨單獨犯案的可能。」

這麼一來，選項少了一個。不過，還有十四個選項，看來還得花費不少時間。

「有影像的話，應該可以知道這些人的出入順序吧？」

「嗯，高本是在十號當天的下午五點回到家裡。一小時後，齋藤和東條一起來到高本家，而最後才被叫來的飯倉則是在晚上七點多獨自來到高本家。」

「隔天呢？」

「這個嘛，離開的順序依次是齋藤、東條，而飯倉則是在這兩人都離開後，過了一段時間才離開。」

「嗯，飯倉是被高本叫來的嗎？」

「沒錯，飯倉是臨時被叫去參加那場同樂會的。」我代替黑須回答。「他七點時還打電話問我要不要一起去，但我正在打工，所以只好回絕他。」

「這麼說來，至少可以確定高本要不是獨自犯案，就是和其他人一起犯案。」

我和黑須同時「啊」了一聲。

「為什麼？」黑須問。

「如果犯人想讓飯倉感染病毒，就得透過血液傳染，因此他得事先準備好針筒。但飯倉是在同樂會開始後，才臨時被叫去參加。由於犯人無法預料到飯倉也會參加同樂會，因此長瀨和東條不會攜帶針筒前來高本家，畢竟正常來說，一般人不會隨身攜帶這種東西才對，因此這時的嫌疑人就只剩下高本。不過，這個推論的前提是高本預先在自己家裡準備了針筒。」

「原來如此，我了解妳的意思了。」

黑須皺著眉頭，掐起手指。

「這麼一來，剩下幾種選項？」

「高本有可能指示其他人攜帶針筒前來他家，因此我們還得考慮是否有其他的共犯。在這個前提下，剩下的選項還有八種。」
雖然一口氣少了一半，但還是得要謹慎地繼續推論。
「接下來，我們來討論有關於J型肝炎病毒的申請過程。這個病毒的申請人是高本嗎？」
「沒錯，不過即使不是本人，只要填好表格也就可以向國外的研究機構提出申請。」
「嗯，也就是說只要是研究室的工作人員，就可以向國外的研究機構提出申請，而當時這四個人都已經在研究室工作，因此這四個人都有可能是病毒的實際申請人。」
「話雖如此，但我們應該不需要再去逐一檢視了吧？既然我們已經知道高本就是犯人的話，不就可以確定病毒也是他申請的嗎？」
「我們在確認每一個條件時，絕對不能馬虎行事，因為有時候最後的推論有可能會推翻一開始的推論。接下來，我們就來討論芝村被丟老鼠的事件吧！」
「對了，我差點忘了這件事。事實上，我有調查過這件事，並且查出當晚高本有明確的不在場證明。他那天似乎去涉谷參加一場演講，會後還跟其他大學的教授們一起去喝酒，直到深夜才回到家裡。這件事有很多證人，他不可能在中途跑回東科大，出現在芝村面前。」
「這麼說來，這起事件還有其他共犯。」對於我的看法，教授附和道：「沒錯。」
「其他三人當時在做什麼？」
「事件發生前，芝村曾經和東條見面，至於長瀨和齋藤則是待在研究室裡。不過，這並不足以做為他們的不在場證明，因此這三人還是有涉案的可能。」
「這麼看來，我們很難從這個事件找出其他的線索了。不過，我們至少再次確認了高本並非獨自犯案，而是有其他的共犯，因此除去高本單獨犯案的可能性後，我們還剩下七個選項。最後，我們就來討論芝村昨晚遭到襲擊的事件吧！芝村，攻擊你的犯人是不是男的？」

桐島教授把視線轉向我時，我朝著她用力點了點頭。

「沒錯。對方的力氣很大，我雖然不常運動，但在我拚命反抗下，女生應該很難把我壓制在地上才對。」

「這麼說來，我們又可以減少嫌犯的人數囉？」黑須說。

教授搖搖頭，說：「很難說。除了攻擊者是高本之外，其他的選項依舊成立。」

「哦，那接下來要討論什麼？」

「沒了，我們的推論只能進行到這裡。」

「這樣就結束了嗎？我總覺得有點遺憾，雖然我們已經得出這件事有共犯的結論，可是真相還是很模糊。我真希望我們可以現在就把所有事情搞得一清二楚。」

「至少我們確定高本副教授有涉案。也許我應該再去找他聊聊，不過這次我會找黑須和我一起去。」

桐島教授聽完我的提案後，提出反對意見。

「目前，我們只是根據客觀的事實來進行推理，但如果是依照我個人的意見……」

這時，銀幕的另一頭突然傳來一陣音樂旋律：槇原敬之的〈Spy〉。這首歌是我出生那年發行的，而且我父親曾在卡拉ＯＫ裡點唱了這首歌曲。

「我線人打來的電話，等一下！」黑須說完後，接起電話。

「喂，怎麼啦？」

原本輕鬆談笑的黑須，突然臉色大變，嚴肅地點了點頭。

「我知道了，謝謝你的通知。」

黑須掛斷電話後，一直沉默不語。我直覺判斷一定是發生了什麼事，問：「怎麼了？」

「聽說高本被人刺傷，如今已經送進了醫院。」

「啊？」

這件事情太過出人意料，我一時間楞住了，桐島教授則是不發一語地看著銀幕。

銀幕上的黑須繼續緩緩地說：「聽說這件事發生在理學院二號大樓……衛生疫學研究室的實驗室。不過，我還不曉得詳細的情況，因為我也是剛剛才知道這件事。我現在就去調查！」

黑須說完後，一轉眼就從銀幕上消失了。

「教授，接下來該怎麼辦？」

「現在也不可能再繼續進行推理，如果你想了解情況的話，就去吧！只要記得傍晚時回來實驗室就好了。」

我走出實驗室後，對眼前的狀況還感到迷迷糊糊，因此並沒有快步跑向理學院二號大樓，而是以平常的速度由理工大道往東行進。

戶外的雨勢已經不像早上那麼滂沱，但還是斷斷續續地下著毛毛細雨。櫻花樹的綠葉泛著一片濕潤的光澤，戶外的沉重空氣因此透著一絲清涼。

我遠遠地便看見有個人雙手抱胸，站在理學院的大門前，走近後發覺是長瀨。長瀨發現我後，轉身看著我。我不曉得自己該表現出什麼樣的表情，因此只好先微微向她點了下頭。

「發生什麼事了？」

「你應該曉得吧？那個偵探剛剛還在這裡東張西望，你應該是接到他的通知後才過來的吧！」

這時，一位站在玄關自動門前的警官轉頭看了我們一眼。我向他微微點頭後，小聲地問長瀨：「聽說高本副教授被人刺傷……」

「嗯，行凶的人是東條。」

「為什麼？」

長瀨兩手一攤，露出不明所以的表情。

「我也是從警察那裡問來的，聽說東條在三小時前來到實驗室後，突然在不明原因下拿出刀子打算攻擊莉乃，而高本副教授因為想要保護莉乃而被東條刺傷。莉乃逃出實驗室後，跑進了其他的研究室。接著，警察就來到實驗室逮捕東條。我接到通知趕到這裡的時候，人已經走光了。」

「東條怎麼會做出這種事？」

「我怎麼知道！」站在玄關前的警官被長瀨的聲音給嚇了一跳。「我也很想知道他為什麼會做出這種事。」

「……莉乃還好嗎？」

「她正在接受警方的訊問。情緒還是很激動，警方只能斷斷續續地進行訊問，看來可能得花上不少時間。」

「那，高本副教授還好嗎？」

「他的意識還很清楚。雖然他的腰部被刺了一刀，但還好急救得早，沒有太大量的出血。不過，他似乎還得在醫院裡住一陣子。」

長瀨看向玄關，並說：「警方正在現場採證，所以我沒有辦法進去實驗室……我上大學以後，每天都泡在實驗室裡，如今卻只能站在這裡，感覺真的很奇怪。」

雖然我很想安慰長瀨，卻又找不到合適的話。而且，我只是個新生，又怎麼會了解做實驗的辛苦。

因此，我只是靜靜地聽著雨水敲打著地面。

也許是疲勞和睡眠不足讓我感到昏昏欲睡，這種情況下也無法工作，因此我決定先回宿舍補眠。傍晚，我才起床前往地下實驗室。

我一走進辦公室，黑須已經坐在裡頭。

「哈囉！我是來向你們說明高本副教授被刺的事件，我已經完成調查了。」黑須的口吻又恢復成以往的灑脫。「來這之前，我已經先透過電話向教授說明了，不過我們還得再針對這次事件進行一次推理。不好意思，可以麻煩你現在過去實驗室準備進行視訊會議嗎？」

「好。」我答應後，走向實驗室。

桐島教授坐在實驗台前，一手托著下巴，似乎正在思考什麼事情。我從不曾看教授露出這種表情，不禁好奇地問：「教授，妳在想什麼？」

「……我在思考這次的事件。」

教授抓了抓凌亂的頭髮後，一臉疲憊地嘆了口氣。

「如果我早點介入的話，或許就不會發生昨天的攻擊事件。」

「可是，高本副教授被刺是一次突發事件……」

「從結果上來看，或許會覺得這種事情很難預防，但問題並不在這裡，而是我在應該介入的時候卻沒有介入……不過，幸好高本沒有生命危險。」

「……嗯。」我無精打采地點了點頭，並繼續完成視訊會議的設定。

「啊！看到了，看到了。那我就開始報告了。」

黑須推了下太陽眼鏡後，一如往常不看筆記本便開始進行報告。

「首先，我先報告這次的行凶者。東條已經被警方以現行犯的身份逕行收押，而他本人也已經供認自己行刺了高本。」

「他已經供認這件事是從那裡聽來的？」

「對方是警界人士，不過我和他的關係不太方便公開。總而言之，我和他在工作上是屬於互相幫助的關係。」

「東條行凶的動機是什麼？」

「據說他行凶的動機是，他以為齋藤已經發現他就是昨晚攻擊芝村的人。早上，當他走進實驗室，高本詢問他脖子上怎麼會貼著ＯＫ繃，他以為自己的罪行已經敗露，所以才會出現發狂的舉動。其實，他只要說脖子上的傷是被蟲子咬的，不就可以矇混過去了？」

「那麼，寄恐嚇信給齋藤的人也是東條？」

「嗯，關於這件事，聽說他也已經招認了。他之所以會這麼做是因為他喜歡齋藤，因此當他發現齋藤和芝村走得很近，便發出那封恐嚇信來警告齋藤。但他的警告沒有發生效果，所以才會在不斷累積的嫉妒下攻擊芝村。說起來，男人的嫉妒心還真是要不得。」

「這麼說來，東條就是害飯倉和真壁感染病毒的犯人嗎？不過，依照教授的推理，犯人不是應該是高本副教授嗎？」

教授搖搖頭。

「我們得要把這兩件事情分開來談。高本在今天早上遭到東條刺傷的事，雖然有助於我們去檢視整個事件，但這件事和飯倉遭到病毒感染的事沒有關係。」

「我懂了，也就是說我們得從關聯性上來做時間的回溯。」

黑須伸出手指朝空中轉了幾圈。

「如果從是否攜帶了針筒的議題來看，的確可以導出高本和這次事件有關的推論，而從丟老鼠的事件來看更可以得知還有另外一名共犯。只是，我們目前還不曉得誰是共犯，對這次事件的真相也仍然處於一知半解的狀況。」

「不過……」

桐島教授停頓了一會後，說：「我不認為高本是犯人。」

我和黑須同時「啊」了一聲，我搶先問：「為什麼？」

「因為這裡面有幾點不太合理的地方。首先，他毫不猶豫就提供了監視器的錄影畫面，而我們不只可以從錄影畫面排除有外人參與，更可以確認在同樂會期間沒有其他人出入他家。如果他是犯人，這麼做只會把懷疑眼光全集中到他身上，因此他應該會找理由拒絕才對。」

「不過，或許他並不曉得我們正在懷疑他，或者是看不起我們。而且，我們沒有公開J型肝炎病毒的事，說不定他認為就算交出錄影畫面也沒什麼大不了的。」

「即使如此，如果他是犯人，應該還是會有防衛心才對。另外，還有一件讓我感到疑惑的地方，那就是飯倉脖子上的淤青。如果那個淤青真的是針筒造成的，那麼犯人為什麼會選擇施打在那麼明顯的部位，而不是打在手腕內側或是腳踝。人的身體上有很多可以注射的部位，並不是一定得打在脖子不可。」

「……好像有點道理。」

「還有一點，高本為什麼要還在同樂會那天下手？他平常就有和飯倉來往，因此他可以把飯倉單獨叫到他家，再設法迷昏飯倉。」

「也對，只是這麼一來，事情好像又卡住了。」

黑須皺起眉頭。

「如果試圖找出最合理的解釋，結論就會變成飯倉感染病毒的事件中並沒有所謂的犯人。」

「沒錯，這裡頭有著很明顯的矛盾。」教授由於黑須聽懂了她的意思，而滿意地點了點頭。「因此，我們的假設一定有什麼地方出了差錯。」

「教授所說的假設是指……」我伸手壓著太陽穴，回想我們所設定的假設。「飯倉是在高本教授的家裡感染上病毒這件事嗎？」

「不是，從飯倉發病的時間來看，這個假設應該合理，有問題的地方很可能是『飯倉體內的J型肝炎病毒是經由注入血液的方式感染』這點。」

「可是否定了這個假設，就等於推翻了整個推理的結果。」黑須一臉氣餒地說。

「不一定，你再重新思考一下肝炎病毒是否有其他的感染途徑。只要可以找到別的答案，就可以解決推理上的矛盾。」

「這有點困難……」

黑須露出困惑的表情，看來他說自己不擅長思考這件事是真的。

「沒辦法，我放棄。妳直接告訴我答案吧！」

「不會吧，你真懶！芝村，你說說看？」

「這個嘛……」

桐島教授一直盯著我，她的眼神充滿期待。雖然這或許只是我的錯覺，但我還是暫時閉上眼睛，因為看著她會讓我緊張到失去思考的能力。

感染途徑──

要如何才能不使用針筒，而讓飯倉感染上病毒？雖然可以使用刀子或是一些銳利的物品，但飯倉除了脖子上的淤青之外，身上似乎沒有其他的傷口。因此，問題應該不在凶器，而是如何不經由血液的途徑，卻仍然可以把病毒送進飯倉體內。

到底有什麼方法？

在我即將放棄時，腦中突然浮現真壁在照片中的影像，而他的臉更逐漸幻化成飯倉的臉。

莫非──我腦中突然想到一種可能，但又對此抱持著懷疑；我一方面認為不大可能，但另一方面卻又認為事實應該就是如此。

「你是不是想到了什麼？」桐島教授問。

「我想到有一種可能……」但我對自己的猜測沒有什麼信心，因此我小聲地在教授的耳邊說。

「嗯！」教授聽完後用力點頭。

「你的猜測和我想的一樣。接下來，我們得先設法證實這件事，否則我們就無法揪出真正的犯人。」

3

四月二十二日（星期日）

凌晨三點，我撐著一把大雨傘，站在醫院的後門口等人。深夜的校園悄無人聲，但位在東邊的理學院和工學院的大樓，還是有一些窗戶透出燈光。如果這時候還有人留在實驗室裡進行實驗，那這些人真可算是工作狂了。不過再怎麼說，大概也沒什麼人可以做到像桐島教授那樣吧。

天空中的雨滴在街燈照射下閃閃發光，雖然我覺得這種景象的確很美，但雨持續下個不停還是會讓人感到很不方便，這樣下去搞不好會淹水，甚至引起大洪水。

洪水……這個字眼讓我聯想起東條曾經提起的舊約聖經上的故事。

一望無際的水世界對人類而言，是一種毀滅性的災難，但這幕景象卻也帶著神聖的美感。或許是因為這場洪水並不是如同海嘯般一口氣吞滅整個大地，而是徐緩地在地表漫漲，因此整個過程讓人感到平靜；但也或許是因為這個故事太過神話，所以更需要加以美化。

我沉浸在自己的思考時，耳邊傳來門鎖被打開的聲響。

醫院的後門開啟後，首先出現一部輪椅。

「早啊！」推著輪椅的黑須小聲地說。

「你的氣色看起來還不錯。」我說完後，把雨傘移向前。

「怎麼可能？」整個人癱軟在輪椅上的高本副教授苦笑了一下。「我昨天才剛被人捅了一刀。」

「有動手術嗎？」

「嗯，麻醉直到剛剛才退。」

高本副教授露出驕傲的神情，並撫摸了一下自己的腰部。

「不過，醫院倒是蠻快就准許你外出了。」

「怎麼可能？」黑須理直氣壯地說。「我是等到警方解除保全後，趁著護士巡房的空檔，偷偷把他帶出來的。」

「我一睜開眼看到床邊站在一個穿著黑色西裝的人，真的是嚇了一大跳，一時間，我還以為是死神要來帶我走了。」

「從吸血鬼升級到死神，這也是一種光榮。好了，我們走吧！」

黑須開玩笑地說完，推著輪椅走向前，我則是走在一旁幫忙撐傘。

我們離開醫院後，沿著理工大道往西走。隨著輪胎的轉動，輪椅一路上不斷發出一種奇怪的聲音。

「你們要把我帶去哪？」

「咦，我沒告訴你嗎？」

「嗯，」高本副教授摸了摸鼻子。「我是在你的強迫下坐到輪椅上的。要不是你有提到芝村，我一定會以為自己遭到綁架了。」

「幸好你對芝村的評價還不錯。」黑須笑了笑。

我彎下腰向高本副教授說明我們的目的地。

「我們現在正前往理學院二號大樓，因為我們想麻煩你一件事。」

高本副教授驚訝地「啊」了一聲後，隨即皺起了眉頭，似乎是牽動到他腰部的傷口了。「我雖然不曉得你們的目的是什麼，不過你們不能找長瀨和齋藤嗎？」

「因為某些原因，我們只能請你幫忙。」

「到底是什麼事？」高本副教授一臉訝異地問。

黑須幫我打圓場，說：「你人都出來了，就幫我們這個忙吧。而且，我們這麼做也是為了你那位寶貝姪子。」

「這件事和祐介有關係？……好吧！不過，我的感冒還沒好，別拖太久。要不然，我萬一打噴嚏的話，傷口可能會裂開。」

「如果我們害你的腸子掉出來，那事情可就大條了，我們就儘快把這件事情給解決了吧！對了……雖然算不上是報酬，但也許你會想要來上一根？」

黑須說完後，從口袋裡掏出一包菸。

高本副教授睜大眼看了一下後，露出笑容。

「有菸你還不早點拿出來！」

或許是因為今天是星期日，一整天下來，電視和報紙都沒有報導高本副教授遭刺的新聞。但即便如此，我想校方應該還是會有一些動作。無論如何，由於大眾媒體沒有報導這件事，校園依舊維持平靜，而我們也可以把心力全放在應付吸血鬼的事件上。

在高本副教授的幫助下，我們取得了必要的證據。接下來，就只有等待分析的結果。我的調查工作已經結束，便待在地下實驗室進行一些文書作業、補充試劑和供應教授便當等工作。這天，我在傍晚六點半時走出桐島教授的實驗室。

穿過醫院的院區走向西門時，接到久馬打來的電話。

「拓也，最近還好嗎？」

「還可以。怎麼了？」

「你今天有打工嗎？」

「有，不過我剛下班，正準備走回宿舍。」

「那剛好，我正在和一位社團的學長喝酒。他人很有趣，我想介紹你認識。」

「你們在喝酒啊……」

雖然我感到有點疲憊，可是最近一直遇到一些不好的事，想趁著這個機會放鬆一下。就答應了久馬。

我在滂沱的大雨中走下坡道，來到一條大學的外環道路。斑馬線的對面是一間以便宜著稱的居酒屋，店外還掛著非常醒目的看板：「喜八」

我一走進店裡，坐在櫃台旁的久馬立即朝我揮手，喊著：「喲，你來啦！」

久馬的身旁坐著一位光頭、濃眉、穿著僧侶工作服的男性。

「我先介紹一下！」久馬指向身旁的男人。「這位是我們坐禪社的社長，也是我們這個社團的創立人。雖然他現在還在就讀大三，但我們為了對他表示敬意，因此都稱呼他為『大師』。」

大師？我以為久馬在開玩笑，但他身旁的「大師」卻一臉嚴肅地點了點頭。他對於別人封他為「大師」，似乎感到理所當然。

雖然社團的獨特人際關係讓我感到有點疑惑，但還是簡單地做了自我介紹。原本是想要放鬆一下，卻突然沒有喝酒的心情，便點了一杯烏龍茶。

「你對東科大的印象還好嗎？」

我對於該如何回答這個問題感到有點猶豫。「嗯，雖然只過了一個月，不過我還蠻喜歡這裡的。」我想，這時候實在不適合去聊我經歷的那些怪事。

「這樣啊，那就好。你是應屆考上東科大嗎？」

「嗯，我還蠻幸運的。」

「……考上東科大一直是我的人生目標。」

大師把目光投向遠方後，突然開始聊起自己的經歷。

「不過，這條路我走得很辛苦。我重考了一年、二年、三年，還是沒有辦法考上。我的能力明明可以考上東科大，但不曉得為什麼，我始終考不上。後來，我得到了一個結論：問題就出在我的精神太脆弱了。為了鍛鍊我的精神，我前往奈良縣的山裡找到一間很有歷史的禪寺，拜託那裡的和尚讓我住在廟裡修行。那兩個月期間，我經歷了瀑布修行、護摩[9]和坐禪後，終於修練出在任何狀況下都能保持冷靜的鋼鐵意志。因此，我才能在競爭激烈的第二階段考試[10]中，以超越其他考生的精神狀態考上東科大。」

大師在完成演說後，一口氣喝光手上的啤酒。

我心想，即使你第一階段的考試沒有考好，只要把那兩個月的時間拿來讀書的話，不就可以更輕鬆地應付第二階段的考試？不過，我終究沒有這麼問他，而是點頭說：「原來如此，難怪你這麼熱愛坐禪。」

「當然，可是——」大師突然站起來，雙手握拳。「我一直想要創造一個可以和女生共享的空間，但不知道為什麼，這個社團總是只招募到男生的社員！我真是搞不懂問題出在哪！」

我目瞪口呆地看著大師時，久馬小聲地在我耳邊說：「大師是因為想要談戀愛，所以才創立這個社團。」

坐禪的目的應該不是為了這個吧！但我終究還是默默的把這個念頭連同烏龍茶一同吞進肚子裡。

「如果你想要吸引女生加入社團，可以問問看你班上的女生，也許她們會有興趣。」

我向大師建議後，他突然把整個身體靠向我。他的呼吸變得急促，而且我們之間的距離更是近到我可以聞到他身上的男性氣息。

「你可以幫我問問看嗎？」

這時，久馬突然笑了起來，並說：「沒用啦！」

「誰說的！」大師瞪大了雙眼。「搞不好這次有機會成功，你再胡說八道我就把你逐出師門。」

「你忘了嗎？我剛加入社團時，你要我和你一起去詢問所有一年級的女生，結果……你想讓歷史再次重演嗎？」

「那次是你邀請的方法不對，而且你的態度太過冷淡，所以那些女生才會拒絕加入社團。你應該要更熱情地邀請她們！」

「都是我的錯，可以了吧！」

兩人對話時，我轉頭看了久馬一眼，心想久馬的外表這麼英俊，如果由他出面去邀請女生加入社團，女

⑨護摩，意譯為火供，最早來自於婆羅門教的吠陀祭祀，後融入佛教成為修行儀式的一種，目前主要盛行於佛教金剛乘和日本神道教。日本的護摩是在戶外設壇，並把寫上心願的木片投進火堆來向神明祈福。

⑩日本大學的考試分成兩階段，第一階段的考試由國立大學聯合舉辦，而第二階段則由各大學自行決定採納部分第一階段的科目成績後，進行後續甄試。

生應該會有興趣才對。如果所有人都拒絕的話，或許……問題是出在他身邊的那個人吧。

我想到這個殘酷的事實時，久馬轉頭微笑地看著我。

「那你下次就認真地去問那個自治會的會長，看她要不要加入我們的社團。我記得她的名字是深見吧！大師很喜歡那個女生喔！」

「啊？」大師突然像關西的某個落語家⑪一樣，因為突如其來的衝擊而連著木頭椅子整個往後跌倒在地上。「……你怎麼會知道這件事？」

「我們上次去自治會申請使用武道館時，你像個花痴似的一直盯著她看，嘴巴還張得大大的。」

「咦，真的嗎？」大師說完後，趕緊伸手摀住嘴巴。

這時，我終於了解久馬為什麼會喜歡這個人，因為他似乎的確是個很罕見的天才。

隨後，大師發覺久馬只是在逗他後，瞪著久馬罵了聲混蛋，並起身扶起椅子。他向店員道歉，並點了杯日本酒後，坐回椅子。

我感覺心情變得輕鬆不少。我已經很久沒有這麼輕鬆了，開始感覺這趟的確是來對了。

「說到自治會，」久馬推了下我的手肘。「你之前有提到吸血鬼的事。這段期間，你應該做了不少調查吧？有沒有查到什麼？」

「沒有，不過我還會繼續調查。」

雖然已經知道攻擊我的吸血鬼是東條，但他卻不必然是那個丟老鼠的犯人。而且，我們也還沒查出去年五月時，穿著燕尾服出現在理學院二號大樓附近的那個人究竟是誰。

「吸血鬼？」端著方形木碗啜飲日本酒的大師插嘴。「你們在聊什麼？我還是第一次聽到這種事。」

「咦，你沒看佈告欄嗎？」

「佈告欄是給新生看的東西，以我的資歷來說，我不需要看佈告欄也知道校園裡發生了什麼。」大師一臉毫無來由的自信表情，但接著又好奇地問：「你們到底在聊什麼？」

「其實……」

我向大師說明了江崎和比呂在校園裡目睹了可疑人物的事件。

「……五月份，晚上，理學院二號大樓，情侶，燕尾服，吸血鬼。」大師喃喃自語後，歪著頭說：「他們看到的人應該是我吧！」

「啊？」

這是什麼意思？

我一時間楞住了，久馬則是把啤酒杯放到桌上後，問：「你曾經做過那種打扮？」

「真是誤會大了，我當時只是在觀察情侶的相處方式，根本沒想過要加害他們。」

「那，先不談你為什麼會躲在一旁觀察，你為什麼要穿著燕尾服？你不覺得自己的穿著太奇怪了嗎？」

「你們也太少見多怪了吧！我那天去學校附近參加聯誼，所以自然會穿得正式一點。聯誼結束後，我因為喝了點酒，所以到校園裡散步醒酒。我是偶然間看到那對情侶後，才想到要順便藉此進行精神訓練來勉勵自己。」

久馬有如全身癱軟似的嘆了一大口氣。

⑪日本的落語類似於中國傳統的相聲，但落語演出通常只有一人。

「……我真是敗給你了。那麼，你那場聯誼還順利嗎？有沒有交到女朋友？」

「這個嘛，那天的聯誼進行了兩個小時，但是坐在我身旁的女生從頭到尾都沒有說話。我想，她一定是個很害羞的人吧！就連聯誼結束時，主辦人建議大家交換彼此的電子信箱，她也是毫不猶豫地拒絕和我交換。她一定是那種大和撫子⑫類的女生。」

「……如果大師要這麼想，那我也只能佩服你的正向思考能力……拓也，怎麼了？你怎麼突然靜了下來？」

「沒什麼。」我搖搖頭後，低頭盯著櫃台的木頭紋路。

原來最初被目擊的那個吸血鬼是大師，而吸血鬼的傳說大概就是從那時開始在校園裡傳開，再加上有許多學生都曾經看到黑須，更是增加了這個傳說的真實性。

桐島教授曾經不以為然地表示，大學裡面總會有一些無聊的傳說。如今看來，事實果真如此。

——如果大師沒有去觀察那對情侶；如果黑須沒有穿著黑色西裝；如果沒有吸血鬼的傳說；如果自治會沒有製作那張海報，那這件事又會有什麼樣的演變？

雖然我知道自己再怎麼想也不會有結果，但還是忍不住一直思考這個問題。我看向佈滿水珠的茶杯時，心想或許自己應該開始思考下一步了。

4

四月二十五日（星期二）

自從高本副教授被刺傷後，一轉眼已經過了四天。

再過幾天就是黃金週⑬，許多人的心情開始變得浮躁。但我在中午前往大學醫院時，心情卻是異常沉重。

早上，我在上第二堂課時收到黑須傳來的簡訊：「你可以去探望飯倉了。」我嘆了口氣，心想這個時刻終於到了。昨天，我聽說飯倉已經恢復意識時，猜想到再過不久應該就可以探望飯倉了，只是沒想到這一刻會來得這麼快。

如今，幾乎已經可以確定害飯倉感染病毒的犯人是誰，但為了進一步確認，所以桐島教授要我前來醫院取得飯倉的證詞。雖然我很清楚對方的動機，但真要我去詢問飯倉這個問題時，心裡還是感到有點為難。不過無論如何，還是得要釐清這次事件的真相。

黑須正在進行讓整個事件就此落幕的準備工作，因此今天只有我獨自來到醫院。

我穿過大廳，走進一條通往住院大樓的長廊，搭著電梯來到五樓。指示牌上寫著重症大樓，住在這一層樓的患者應該全是一些重症病患。

⑫大和撫子，是日本人用來形容性格文靜、溫柔穩重、具有高尚美德的女性代稱。

⑬黃金週是日本在四月底至五月初的多個節日組成的連續假期。

我穿過打磨得很光亮的黃土色走廊時，在一處轉角看見高本副教授就在前方不遠處。他雖然依然坐在輪椅上，但身旁沒有其他人陪著，可見得他的傷勢已經康復了不少。

他發現我後，睜大眼說：「你動作還真快！」

「我有收到醫學院方面的通知。高本副教授也是來探望飯倉嗎？」

「是啊。我姐打電話告訴我說，祐介已經清醒了，所以我就過來看看他的狀況。」

「飯倉的狀況還好嗎？」

「嗯，他睡覺的時間變長的。不過身體還沒康復，你不要和他聊太久。」

「我知道了，我會長話短說。」

「那就好。另外，你們上次從我實驗室拿走的血液樣本，是打算做什麼？」

我搖搖頭。

「我也不曉得。醫院方面只告訴我，他們要進行一些分析，並要我取得那個血液樣本。」

由於真相還不明朗，我目前也只能說謊了。

「這樣啊……」高本副教授一臉疲憊地嘆了口氣。「其實，有一天晚上的九點，你不是來一號大樓找齋藤？」

「嗯，我記得這件事。」

「那天，我有看到一個可疑的背影。我想，那個人應該就是東條吧。他應該是在偷偷地觀察齋藤。如果我當初就把他揪出來的話，或許我就不會在日後被他刺傷，齋藤也不會遭到不必要的驚嚇，他也不會因此毀了自己的人生。每當我想到這件事……就覺得很後悔。」

聽說齋藤向大學請假後，直到現在仍然待在家裡靜養，身為齋藤指導教授的高本副教授當然會感到後悔。

「其實，我也會有相同的想法。總會想說如果事情可以重來的話，一定可以做些什麼來改變結果。可是，事實上這是不可能的事。不只是高本副教授，這起事件中的所有關係人，一定也都懷抱著後悔的心情。」

高本副教授摸著下巴上的鬍渣，低聲說：「嗯，你說得對。你這麼一說，我的心情似乎變得輕鬆了一點。謝謝！」

高本副教授和我握手後，推著輪椅穿過走廊。

直到他的身影消失在轉角，我才繼續走向走廊的另一頭。

找到五〇四號房時，發現門旁的名牌還空著，但我想應該是這間沒錯。

拉開房門後，首先映入眼簾的是一張大床。這個病房比我想像中的小，而且光是那張床就占了將近一半的空間，再加上床邊擺了張椅子，因此房裡幾乎沒什麼可以活動的地方。房間的另一頭有一面窗戶，只看得到一大片灰雲，這種景象應該很難讓病人感到輕鬆吧。

飯倉正坐在床上看報紙。

「咦，芝村，你怎麼會來這裡？」

「我來探望你啊！加上，我也可以算是同學們推派出來的代表。你的精神看起來好像還不錯的樣子。」

我往床邊的圓椅坐下，觀察著飯倉的模樣。看起來雖然比以前瘦了一點，氣色倒是還不錯。

「我還有一點發燒的症狀，不過感覺已經好多了。」

「這樣一來你應該很快就可以回學校上課了吧。」

「不過，我醒來後發現已經是四月底，真是嚇了一跳。現在的我已經可以充分體會浦島太郎⑭的心情了。這段期間沒有考試，等我回去上課後應該還是可以取得學分吧？你說呢？」

「應該沒問題吧！」

我勉強笑了笑，看著自己的手。我知道大白天的實在不適合在病房裡問這種問題，不過現在不是擔心學分的時候，必須揭開這件事的真相了。

我清了清喉嚨後，挺起身體。

「我想問你一件事。你還記得，你去高本副教授家裡參加同樂會的後兩天，也就是四月十二日那天，我們曾經站在圖書部前聊天嗎？」

「嗯，我記得。」

「當時，我問你脖子上怎麼會有個淤青時，你告訴我那是吸血鬼咬的。」

「是嗎？」飯倉露出一臉疑惑的表情。他八成搞不懂我怎麼會突然這樣問他。

我調整一下呼吸後，對他提出桐島教授要我詢問的問題。

「我希望你老實回答我，你那個淤青是不是——」

飯倉聽完我的問題後，臉上浮現出驚訝的表情。

「你怎麼會知道這件事？」

我向飯倉問完話後，立即前往桐島教授的實驗室。

「你問過飯倉了嗎？」

「嗯。」

我點點頭後，完整地向教授轉述了飯倉的回答。

「這樣啊。」教授說完後，微微嘆了口氣。

「另外，我上次帶回來的血液樣本，已經完成分析了嗎？」

我之前在桐島教授的交代下，把高本副教授帶出醫院後，取得了七件血液樣本；其中包括四月十日時，我、飯倉和久馬經由齋藤的抽血所留下的血液樣本，以及今年二月份時，衛生疫學研究室為了實驗而向四名成員所抽取的血液樣本。

「嗯，結果在剛剛出來了。你們那群人都沒有檢出J型肝炎病毒，因此飯倉在參加同樂會以前，並沒有染上病毒。」

「這個結果算好嗎？」

由於我還無法掌握這次事件的完整面貌，無法判斷每個結果的好壞。

「嗯，算好吧。」

「那實驗室那群人呢？」

「結果和我想的一樣，衛生疫學研究室的四名成員裡只有一個人檢測出帶有J型肝炎病毒。」

「只有一個人？這麼說來，真的是……」

這次的分析樣本中，也包括了衛生疫學實驗室的四名成員在去年的健康檢查時所抽取的血液樣本，而這

⑭浦島太郎是一個日本民間故事中的人物，同時也是該故事的名稱。浦島太郎在奇特的經歷下前往龍宮生活了一段日子，但等到他回到家鄉時才發現人事已非。

些樣本並沒有檢出病毒。也就是說，這個人是在去年的七月到今年的二月時，才感染了J型肝炎的病毒。

「目前我們已經掌握到所有的關鍵情報，剩下的就是把整起事件做個了結了。」

「那我們接下來就要去揭開吸血鬼的真面目了嗎？」

「不是，吸血鬼是誰已經很清楚了。比起這件事，我們更應該思考的是如何處理隱藏在這件事背後的計畫。」

隱藏在這件事背後的計畫？我第一次聽到教授提出這個說法。

「什麼樣的計畫？」

「一個非常荒唐的計畫。如果依照舊約聖經的說法，或許可以把這個計畫稱之為『方舟計畫』，而且這個計畫至少已經進行了二十年。」

隨後，桐島教授更向我揭露了整個計畫的全貌；這個企圖顛覆人類世界的改革計畫儘管野心勃勃，但卻因欠缺周詳的思考而顯得虛幻，而且執行的手段更是殘酷無情。

「……真是令人難以置信。」我低聲地說。

「從犯人選用毒性比較低的J型肝炎病毒來看，這正是方舟計畫存在的一個證明。不過，我還是希望這整件事情只是一場誤會，因為這實在是個很可悲的計畫。」

「儘管如此，犯人的確有可能正在進行這樣的一個計畫，我們還是得儘早採取對策。」

「我們不會放著不管，但也不需要太過緊張。這個計畫在執行上大概是遇到了一些問題，而這個問題從血液的分析結果上就可以發現。」

「是嗎？」

「沒錯。如果這個計畫仍然在持續進行，那麼實驗室的人員應該已經全染上了病毒。」

話雖如此，但由於我一時間也搞不清楚狀況，決定先暫時擱下這個問題，轉而詢問接下來的對應方向。

「教授應該有辦法終止這個計畫吧？」

「嗯，原本我們應該把所有嫌疑人全召集起來，並對他們說明這整件事。不過，我不希望讓犯人以外的其他人也曉得這個計畫的存在，因此我們先從那位最有可能是吸血鬼共犯的嫌疑人開始約談。」

「教授所指的共犯是……」

「明確的說就是向你丟老鼠的犯人。這個人和方舟計畫有關，擔心你挖出這個計畫，所以在老鼠的脖子上打洞，試圖讓你相信校園裡有吸血鬼。」

我吞了口口水，心想教授應該已經知道這個人是誰了。

「那我們應該採取那些具體的對應方法？要不要先通知警察？」

「先不要，我不想太過刺激這個人。我本來是想先讓你和征十郎去詢問這個人，不過我想就算你們再怎麼問，這個人應該還是會以科學的說詞來呼攏你們，因此這次只能由我來和這個人進行對話。」

「教授可以離開實驗室嗎？」我環視了實驗室一眼。

「我雖然無法和這個人直接面對面地對話，但還是可以用間接的方式和這個人對話。只要使用這個的話，應該就沒問題了吧！」

教授指著筆記型電腦，看來她應該是指可以利用視訊的方式進行。

「可是，即使可以透過視訊……還是有另外一個問題。」

「另外一個問題？」教授指著自己的臉。「你是指我的臉孔嗎？」

「嗯，教授現在的樣子看起來就像個美少女，我想應該很難讓人相信妳是個八十八歲的教授。」

「美少女？」桐島教授瞪著我。「我現在在跟你談正事，你不要在這種時候胡說八道。」

「我只是在客觀地描述一件事實……」

「別說了，」桐島教授舉起手像是在趕蒼蠅似地揮了幾下。「我也考慮到了這個問題，所以我已經做了一些準備。」

教授抓了抓頭髮後，走回房間拿來一個盒子。

我從教授手中接過盒子打開後，盒裡的物品頓時讓我眼睛一亮。

「這個東西做得真好！只要有這個東西，就可以讓『桐島統子』復活了。」

5

四月二十六日（星期四）①

我們和這個共犯約定在午休時間會面。

由於教授希望這件事可以儘量低調，因此我們選擇在醫院一樓的一間小會議室。這間會議室平常沒有對外開放，但由於實驗室和院方在病患的樣本分析上有合作關係，我們才能順利借到這間會議室。

我走進會議室後，把自己帶來的筆電和從院方借來的投影機擺在桌上。雖然這間會議室裡沒有布幕，但牆壁是白色的，而且表面十分平坦，正好可以充當作投影機的銀幕。

我打開投影機的開關，風扇開始轉動，鏡頭也立即往牆上投射出一方約三十英吋左右的藍色光線，有如一面通往異世界的通道。

接著，我操作滑鼠讓電腦的畫面浮現在銀幕上。這個畫面看起來不是很細緻，但也不至於太模糊，正好符合我們的需要。

我打開視訊軟體，連上地下實驗室。完成視訊環境的設定後，桐島教授那間擺設單調的房間立刻呈現在銀幕上。銀幕的角落有一根金屬橫桿，看起來應該是教授的床鋪。或許，我應該請教授把她那邊的鏡頭稍微往右邊移動。

無論如何，整體視訊環境的設定已經完成，接下來就等那個人大駕光臨了。

這時，有人敲了會議室的門，黑須打開門把頭探進會議室。

「喲，看來你已經準備好了。我來得真是時候……人我已經帶來了。」

黑須退到一旁，讓這個人先走進會議室。

「謝謝妳特地撥空前來。」我站起來向對方道謝。

她微微地點了下頭後，找了把椅子坐下，看起來似乎沒有什麼警戒心。

「好了，人已經到了。我先出去外面等你們。」

「咦，你不一起開會嗎？」

「我這個人話太多了，如果我在你們開會時打岔的話，一定會被另一邊的人修理。所以，我還是在外面等你們，順便阻止別人進來打擾你們的會議。有什麼事的話，就叫我一聲。」

黑須一如往常地以灑脫的口吻說完後，輕輕地關上房門。雖然他沒有說出口，但我想他在房外守護，一方面固然是為了避免外人進來干擾會議，另一方面應該也是為了預防與會者逃脫吧。

與會者等到房門關上後，轉過頭一臉疑惑地看著我。

「芝村，這裡怎麼會擺了一台投影機？另外，偵探先生提到的另一邊的人是誰？這個會議的目的究竟是什麼？」

「我們這次主要是想針對這次的吸血鬼事件，向妳說明我們的看法。事實上，關於這起事件，我們也有些地方需要妳的幫忙。因此，我們才會在今天特別邀請妳過來召開視訊會議。我想，這個與會者妳應該也認識才對。」

我打開連接在筆電上的麥克風。

「教授，可以開始了。」

「好。」教授輕聲回答。

這個聲音頓時讓我回想起以前那個令人懷念的場景。

幾秒後，教授的身影出現在銀幕上。我沒有轉頭看向與會者，但卻可以感覺到她頓時倒抽了口氣。她應該已經相信眼前的人就是她所認識的桐島教授了。

銀幕上，桐島教授的臉孔已經恢復成她未發病前的模樣，並頂著一頭蓬亂的銀髮。

「我想妳應該認得這個人，她就是日本第一位獲得諾貝爾獎的女性：桐島統子教授。」

會議室陷入一片寂靜。我想，目瞪口呆正適合用來形容與會者此刻的反應；她呆呆地盯著銀幕，似乎十分驚訝於桐島教授竟然會出現在她面前。

房間裡的寂靜氣氛凝重得就像是在空氣中灌入了水銀。

「妳好，我是桐島。」教授首先打破沉默。

「這是怎麼一回事？」與會者勉強擠出聲音。

「我聽得見妳說話。」銀幕上的教授點了點頭。

她的聲音和她當年經常出現在電視上時一模一樣，儘管她已經上了年紀，聲音聽來依舊鏗鏘有力。

「其實，我因為生病的關係，正處於休養中的狀態。我雖然沒有辦法前往你們那裡，但我很清楚你們那裡發生了什麼事，也很想直接和妳對話，只可惜我的身體狀況目前還沒有辦法出席公開場合。」

「對不起，我完全無法了解這是怎麼一回事……」

筆電上的鏡頭把與會者的圓臉投射到銀幕上，銀幕上的她正伸手按著額頭，並略微搖了搖頭。

「芝村，你怎麼會認識桐島教授？」

「我和教授不熟，我是在醫學院打工時認識了飯倉的主治醫師。會來這裡是因為那個主治醫師說，我也是這次事件的關係人，所以要我今天過來這裡幫忙。」

我說完自己早已準備好的說詞後，與會者露出懷疑的表情，但她似乎沒打算繼續追問。

「這陣子，你們研究室遇到了不少麻煩吧。」

桐島教授開口後，與會者急忙把視線轉回銀幕。

「不曉得你們以後打算怎麼繼續運作？」

「理學院方面正在討論是要等高本副教授回來，還是要找另一位教授接手。不過，因為我們只是個小研究室，而且又給學校帶來了這些麻煩，所以校方也有可能就此解散研究室。」

「這個作法雖然比較保險，卻也令人感到惋惜。」

「謝謝教授的關心！」與會者朝著銀幕低頭道謝後，看了我一眼。「教授今天找我來就是為了問這件事嗎？」

「不是，我們接下來就開始進入正題吧！」

原本疑惑與平和的氣氛一掃而空，整間會議室頓時籠罩在一股緊繃的空氣下。

「目前，我正在研究罕見疾病的治療法。因此，我有向東京科學大學的醫學院申請了一些病患的活體樣本。」

桐島教授首先從自己的研究內容開始談起。

「由於研究上的關係，我會針對一些原因不明的疾病進行分析。前陣子，我收到一件因為不明原因而發高燒的患者的血液樣本，而這個患者就是飯倉。做過分析後，發現他感染的是J型肝炎病毒。這是一種十分罕見的病毒，而且這個病毒的基因已經遭到人為的改造。我嘗試著去調查這個病毒的來源後，發覺衛生疫學研究室曾經在二〇一〇年時向國外申請這個病毒，而且截至目前為止衛生疫學研究室依舊是國內唯一的申請單位。妳是否有印象自己曾經在實驗上使用了這種病毒？」

「沒有。」

「我已經問過衛生疫學研究室的其他成員，他們也都回答沒有看過這種病毒。」我補充。

「另外，我也從去年還在衛生疫學研究室工作的真壁的血液樣本裡，驗出了J型肝炎病毒。也就是說，應該是有人想要置這兩人於死地，才會讓他們感染上J型肝炎病毒。」

「真想不到竟然有這種事……」與會者皺起眉頭。

「的確，不過他們兩人感染了J型肝炎卻也是事實。我們曾經調查過飯倉究竟是在什麼地方感染了J型肝炎病毒。不知道妳記不記得，四月十日中午，他曾經前往研究室抽血。我曾經檢驗過那一份血液樣本，但我以ＰＣＲ擴增基因的片段後卻沒有驗出病毒。然而，他卻在兩天後就生病了，因此他一定是這期間在某個地方感染了J型肝炎病毒。依據我們的推測，問題應該是出在他參加同樂會的那晚。不過，飯倉本人並不曉得自己何時感染上病毒，因此他很可能是在沒有意識的情況下遭到感染，也就是說『他有可能是在同樂會時喝醉的情況下，被人注射了病毒』，他脖子上的淤青就是他曾經遭到針筒注射的間接佐證。問題是，犯人究竟是誰？」

「教授的意思是，犯人就是參加同樂會的人員？」

「我的看法確實是如此。那天，飯倉是突然被高本叫去參加同樂會的，因此他比較晚到。」

桐島教授停頓了一下，伸手摸著嘴角。

「我們在調查過門口的監視器畫面後，發現從同樂會開始直到隔天早上，這段期間並沒有其他人出入高本家，而與會者也不可能攜帶針筒前往高本家，因此能夠進行事前準備的嫌疑人只剩下高本。」

「也就是說……犯人是高本副教授？」

「我對這種說法存疑。如果高本是犯人的話，他還會答應我們的要求提供監視器的錄影畫面嗎？如果真是他的話，他為什麼要選擇在對自己這麼不利的場所犯案？而且，又為什麼要把針筒扎在這麼明顯的部位？」

「儘管如此，還是有嫌疑的吧？」

「嗯，的確，再怎麼周詳的計畫都可能出現漏洞。不過，我只針對或然率來討論，而我在推理上採用的原則是『人是理性的動物，犯人只會採取對自己最有利的行動方式。』」

與會者抬起手拄著自己圓滾滾的臉頰，做出思考的表情。

「也就是說，這種行動方式會讓高本副教授陷入不利的處境，因此犯人應該不是他，是嗎？」

「嗯，我是這麼認為。」

「沒關係，我很想聽聽桐島教授的結論是什麼。」

這時，與會者長瀨香穗里的態度有了很大的轉變。

她開始嚴肅了起來——

雖然表情依舊柔和，但她那種從容不迫的態度看起來就像是正準備迎接一場重要比賽的運動選手，而且她身上甚至隱約帶著一股殺氣。當她們兩人的眼神在空中交會時，空氣中彷彿瞬間迸出了火花。

「那麼，我們再從頭檢視飯倉究竟是如何感染上J型肝炎病毒吧。首先，我們先來看他在高本家感染的這個推理對不對。在他參加完同樂會後，意識一直保持在清醒的狀態，因此犯人應該沒有類似的機會可以下手。所以，有可能是最初的假設出了問題，也就是犯人並不是透過針筒來讓飯倉感染上病毒的。為了證明這個推理，我分析了衛生疫學研究室四名成員的血液樣本，並在齋藤身上驗出J型肝炎病毒。妳知道這代表什麼意思嗎？」

「不知道。」

「事實上，這個結果正是可以證明這項推理的一個很重要的證據。飯倉清醒後，我們也從他的口中問清楚了整件事的來龍去脈，以及釐清了他為什麼會說自己脖子上的淤青是被吸血鬼咬傷的說法。結果，他脖子上的淤青是齋藤造成的。」

教授把目光投向我，似乎是要我針對這件事說明。我點點頭後站了起來，以便把長瀨的目光引導到我身上。

「我曾前往病房向飯倉詢問這件事。他脖子上的淤青並不是針筒造成的，而是由於吸吮所造成的內出血……也就是吻痕。」

長瀨的表情沒有出現任何變化，看起來她似乎早就猜到了這個結果。

「聽說同樂會那天，與會者各自回房後，齋藤便來到了飯倉的房間……並把肝炎病毒傳染給飯倉，傳染的途徑則是透過性行為。」

肝炎病毒的傳染途徑有三種，包括血液傳染、性行為傳染以及母子傳染。如果飯倉身上的病毒並不是透過血液傳染，剩下的答案就很清楚了，也就是病毒的傳染源是齋藤的身體。

「這麼說來，莉乃就是犯人？」

「但這個答案帶給我很強烈的違和感，因為J型肝炎病毒的毒性雖低，但我想只要是正常人，應該還是會抗拒把它植入自己的身體。而且，齋藤本身就負責抽血的工作，她根本不需要刻意透過性行為來傳播病毒才對。」

「的確，如果依照桐島教授的假設，也就是莉乃是個聰明的犯人，她應該會在採血那天就順便把病毒注射進飯倉的身體。不過，飯倉那天是突然來到研究室，因此莉乃很可能沒有預料到吧。」

「雖然事情發生的很突然，但我想她應該還是可以找到一些理由換上沾有病毒的針筒。」

「沒錯，」我開口表示贊同。「針筒是齋藤自己準備的，如果她真要動手腳，應該還是有足夠的時間。她可以把針頭浸入混有病毒的液體，或者是偷偷地扎進自己的手指。」

「但齋藤在這次的抽血時並沒有行動，而且她在飯倉入學前就已經感染了J型肝炎病毒，再怎麼說她也沒有理由在飯倉還沒考上東科大前便讓自己染上J型肝炎病毒。」

「那麼，這到底是怎麼一回事？」

長瀨明明知道答案是什麼，卻還是表現得異常平靜。

教授依舊一臉堅定的表情，並沒有因為長瀨的反應而動搖。

「我想，齋藤並不曉得自己已經感染上病毒，也就是她是在無意間把病毒傳染給飯倉。如果事實真是如此，那麼又會引出另外一個問題，也就是齋藤是在什麼地方感染上病毒。這時，我要請妳回想一下我剛才所說的話，也就是真壁同樣也感染了J型肝炎病毒。他不只是這三人裡最早感染上病毒的人，而且他在感染之後還和齋藤交往過。因此，我推測齋藤應該是在和真壁做愛後才感染上病毒，而這就是這個病毒在這三人間的傳染過程。」

這時，長瀨把身體稍微往前傾。

「就算病毒的傳染過程就像妳說的那樣，但妳還是沒有說明真壁為什麼會染上這種病毒？」

面對長瀨的質疑，桐島教授緩緩地點了點頭。

「我在完全解開這次事件的真相時，也覺得這個結果很不可思議。由於這是一種很罕見的病毒，因此醫院很難找出病因，而患者也可能會被當成是自然死亡。不過再怎麼說，J型肝炎病毒的毒性實在太低，因此要把它當成一種殺人工具的話，一定得針對病毒的基因進行改造。而且，這種病毒得向國外申請，一旦人們發現這種病毒時，很容易就可以找出嫌疑犯，因此很難在利害得失間找到一個平衡點。所以，對於真壁的感染，我認為應該要採用另一種方式來解答。」

「什麼方式？」

「這件事一開始就沒有所謂的犯人，也就是真壁是刻意讓自己感染上J型肝炎病毒的。」

桐島教授停頓了一會後，像個威嚴的老女王般宣布。

「真壁就是吸血鬼。」

6

四月二十六日（星期四）

教授對於真壁就是吸血鬼的說法讓我嚇了一大跳，這個結果對我來說就像是晴天霹靂般令我感到震撼，但我眼前的長瀨卻沒有出現任何驚訝的表情。

或許她已經預料到這個結果，但無論如何她的定力依舊讓我感到佩服。

長瀨嘆口氣後，說：「這個結論和教授先前的說法有一點矛盾的地方。」

「哦，哪個地方？」

「就是有關於莉乃是不是犯人的推理。妳剛才說過，即使這種病毒的毒性很低，但只要是正常人還是會抗拒把這種病毒植入自己的體內。無論真壁的想法是什麼，他都沒有理由刻意讓自己染上這種病毒。」

「……一開始，我也想過他為什麼會做出這種蠢事。從這裡開始，我得採用另一種跳躍式的推理，不過為了鞏固我的推理，我想先探討真壁為什麼會做出這種事。」

「嗯。」

「接下來，我們先來探討協助真壁的人究竟是誰。芝村，麻煩你說明一下你遭遇的事件。」

我答應後，起身說明自己遭到不明人士投擲老鼠的事件，長瀨則是靜靜地聽完我的陳述。

「究竟是誰向芝村投擲了那隻老鼠？高本在那晚有不在場證明，因此嫌疑人只剩下三個，而且我一開始就排除了齋藤涉案的可能。」

「因為莉乃並不曉得自己染上了病毒嗎？」

「沒錯，如果她是那個協助者，那她應該曉得自己染上病毒的事。」

教授拿起一瓶放在桌上的礦泉水喝了一口後，潤了潤喉嚨繼續往下說明。

「東條也被我排除在名單外，因為他很喜歡齋藤，如果他是真壁的協助者，應該會強烈反對真壁和齋藤交往。但事實並非如此，因此不太可能是東條。」

長瀨嘆了口氣。

「這麼說來，這份可疑名單上只剩下我了……不過，以消去法來決定犯人未免太隨便了點，畢竟還是有其他人參與的可能。」

針對長瀨的質疑，桐島教授冷靜地回答：「這不是一場審判，只是我根據自己的假設得到的結論。不論我的推理是否正確，我希望妳可以聽我把話說完。」

「好。」

即使面對眼前的局面，長瀨為了保護真壁的名譽，依舊露出一臉的笑容。想不到一個人愛上另一個人時，竟會變得如此堅強。

「那麼，接下來我們就來探討『為什麼真壁要讓自己感染這種病毒』？我想這個問題或許就是這整件事的源頭。」

桐島教授把一張紙擺在鏡頭前。那是一則新聞報導的影印，上頭寫著真壁家所發生的三人死亡事件。

「真壁的母親在長期照護下，由於心力交瘁而選擇帶著自己的父母親離開人世，老年人的問題也從此在他的心裡留下無法抹滅的傷痕。他曾經在同樂會上提出一個主張：『考慮到日本的將來，就得設法改善人口的比例，其中最有效率的方法就是減少日本老年人的數量。』這或許只是他當下的一種想法，但我猜想經過這個事件後，他的想法已經出現扭曲，並決心開始改造這個世界。」

接著，桐島教授又拿出了幾張紙。

「這是真壁的論文。我讀過後發現他是一位相當優秀的研究人員，只不過他的想法已經走偏了，因此從論文中也可以感受到他自私的一面，且這個傾向更主導了日後的行動。」

桐島教授從剛才開始就一直皺著眉頭。

「與其說真壁是個殺人魔，倒不如說他想成為一個革命家。假如他選擇在這世上釋放出可以藉由空氣傳播的強力病毒，那麼就可以殺死更多免疫力低的老年人。但這種作法是一把雙面刃，因為這種病毒也會在免疫力低的小孩間造成重大的死傷，這麼一來就無法達成他想要改善人口比例的目的。因此，他才會想要製造出只會攻擊老年人的病毒，而當他決定使用J型肝炎病毒後，便以高本的名義向國外申請了這種病毒。」

長瀨雖然眼睛盯著銀幕，卻還是不發一語。

「至於要如何讓病毒只會攻擊老人，他所想到的方法是利用免疫力。只要讓年輕人擁有老年人所沒有的抗體，那麼病毒在傳播上就會產生選擇性，而這種病毒的受害年齡層正好與二〇〇九年的新型流行性感冒的受害年齡層相反。」

我回想起教授在這之前曾經對我說明的抗體作用機制。

人體對於一度侵入自己身體的異物會產生記憶，而這些能夠辨識侵入者的細胞也會持續存在人體之中。幾年後，人體一旦遇到同種病毒再次入侵時，便能夠立即產生對應的抗體，這就是人體自身的免疫力。

教授曾經告訴我，小孩子的預防接種便是利用這個原理；只要把失去活性的病毒接種在小孩子身上，他們體內就會產生可以對抗麻疹和腮腺炎的抗體，這麼一來小孩子也就不會感染上這種疾病。

抗體原本是一種可以守護人類遠離災難的東西，但真壁卻打算利用這點來驅逐那些沒有受到抗體守護的人。

教授一臉嚴肅的表情，並持續以沉穩的語氣揭露整件事的真相。

「但問題是，要如何讓年輕人擁有抗體？真壁不可能逐一替所有年輕人施打疫苗，因此他才會想到利用J型肝炎病毒。這個病毒有二個特色，由於很少人感染過這種病毒，因此幾乎沒有人身上擁有這種抗體，再加上它的毒性低、缺乏明確的症狀，因此可以在不為人知的情況下傳播開來。更重要的一點是，它可以透過性行為的方式傳播。而且，透過性行為的傳染途徑，感染的人數會以等比級數的速度增加。比起老年人，年輕人從事性行為的頻率比較高，而這也可以限制感染上病毒的年齡層。在母親是感染者的情況下，經由生產的過程，新生兒幾乎全都會染上這種肝炎病毒。這些帶原者有可能會處於持續感染的狀態，但只要他們體內順利產生抗體，就可以逃過這場災難。」

教授拿出一張手寫的便條紙。

「根據我的估算，如果一開始有五十個人感染，每個人只要在一年裡把這個病毒傳播到另一個人身上，那麼一年後就會有一百個人感染。二十年後，感染的人數會擴增到五千萬人，也就是約略日本總人口的一半。接下來的工作，就只剩下伺機散播可以透過空氣傳播的強力病毒。由於這種強力病毒具有和J型肝炎病毒相同的病原，因此只要擁有這種抗體的人就會具有免疫的能力。只要再經過一、二年，日本便會出現有如地獄般的光景。日本將會迎接一個嶄新的世界，但只有被選上的人才可以活下來，這個情景便宛如諾亞方舟的傳說。」

原來真壁打算引發一場可以改變這個世界的大洪水。

我聽到這個推論時，立即被這個浩大的企圖所震懾。雖然我個人認為這個計畫實在太過不切實際，但這會不會是因為我還不了解科學的本質，而真壁已經看見了二、三十年後的世界。

這時，我回想起學長在入學典禮上的訓示：科學家應該要擔負起開創世界的任務。看來，真壁似乎打算不擇手段地實現科學家的任務。

「真壁想要實現他的計畫，就得針對病毒的傳染途徑進行實際的驗證……不知道妳之前有沒有發現齋藤很喜歡真壁？」

「……嗯，我知道，從她平常的態度就可以看得出來。」

「所以妳們可以算是情敵囉！」

桐島教授有如自言自語似的小聲說出這句話後，又繼續往下說。

「我想真壁應該也有注意到這件事，所以他才會想到可以利用齋藤對他的好感。因為，他想要調查病毒是否可以藉由性行為的途徑傳播，而把病毒植入自己的體內後再和齋藤發生性行為。由於衛生疫學研究室會採集學生的血液來進行實驗，因此他可以藉此定期確認齋藤是否感染上病毒。」

齋藤如果知道自己成了真壁的實驗對象時，不知道她心裡會有什麼樣的感覺？無論如何，一定會感到很難過吧。因為即使真壁已經去世，但她卻還是在飯倉和我的身上尋找著真壁的身影。

「真壁在確認齋藤已經感染上病毒後，便毅然決然的和齋藤分手，繼續他的研究工作。到這個階段為止，他的計畫都還算進行得很順利，但他沒想到自己接下來竟會因為發高燒而不得不入院治療。我想，這或許是因為病毒的基因經過改造後，使得原本已經失去活性的病毒變得帶有毒性，而他也因此賠上了自己的性命。事情發展至此，真壁所夢想的方舟計畫也停頓了下來。」

桐島教授停頓了一下，確認長瀨並沒有打算發表任何意見後，又繼續往下說。

「齋藤雖然很幸運的沒有發病，但她還是保有傳染力，因此飯倉才會在和她發生性行為後，出現和真壁一樣的症狀而入院治療。不過，妳並沒有因此而感到特別的驚慌，因為妳認為飯倉的疾病也會和真壁一樣，由於找不出病因而不了了之。但這時，芝村卻開始著手調查飯倉的病因，而且妳發現他似乎和院方有某種聯繫。妳擔心芝村再繼續往下調查的話，有一天或許會查出病毒的來源，而真壁的計畫也會被掀開在陽光下。因此，妳為了轉移芝村的調查方向，想到了利用吸血鬼的傳說，並刻意以奇特的裝扮出現在芝村面前。我想妳當時可能是披著窗簾之類的東西，至於妳為什麼沒有選擇穿著西裝或燕尾服的原因，我想大概只是因為妳沒有這些服裝吧。而且除了這個原因之外，妳的體型應該也是個問題。那個地點雖然陰暗，但如果讓芝村看見妳的體型，還是有可能察覺到假扮吸血鬼的人是妳。」

原來那天我所看到的吸血鬼是長瀨，這麼說來，刺破我腳踏車輪胎的人應該也是她。

「然而，整件事還是出現了讓妳意料不到的發展，也就是東條對於齋藤的愛慕。他在嫉妒心的驅使下，做出假扮吸血鬼攻擊芝村的蠢事。原本他的目的只是想以吸血鬼做幌子來警告芝村，但結果不但失敗，甚至因為罪行敗露而刺傷了高本。雖然這個發展出乎妳的預料，但我想妳或許曾經考慮過要利用這個機會，讓整件事情變得模糊，並把所有罪行全推到東條的身上。」

桐島教授一鼓作氣地說完自己的分析後，嘆了口氣。

「以上就是我的推理結果。妳有什麼話想說嗎？」

「我認為教授確實具有十分豐富的想像力。」

「我想這也是做為一個科學家的優點吧。」

兩人的視線在空中交集，而且彼此都沒有露出絲毫畏懼的表情。

長瀨嘆口氣後起身。

「我沒什麼好說的了。」

「我知道我剛才所說的話都只是我個人的想像，不過在妳離開前，我有幾個問題想要問妳。妳可以選擇要不要回答我的問題。」

「好，妳問吧。」

「妳一直在避免讓方舟計畫曝光，不過我認為妳並不是一開始就參與了這個計畫。如果妳一開始就參與了這個計畫，那真壁就不用再刻意和齋藤交往，妳加入方舟計畫應該是在去年的八月以後，而我想問的是，真壁是在哪個階段才邀請妳加入方舟計畫？」

「……真壁和我始終是學長與學妹的關係，而我們也從沒有跨過這條界限，他又怎麼可能會向我透露這個秘密。」

長瀨的目光雖然看著牆壁上的銀幕，但她的眼神卻有如在看著自己記憶中的某一幕場景。

「……但是我真的很愛他，所以只要有我可以幫得上忙的地方，我一定會不惜一切地幫助他。」

「所以，妳是發現真壁在從事J型肝炎病毒的研究後，主動向他提出妳想要參與他的計畫？」

「隨便妳想怎麼解釋都可以，畢竟這一切都只是妳個人的假設。」

「妳說的沒錯，那麼我再問妳下一個問題。」

桐島教授停頓了一下，盯著長瀨的眼睛。

「今後，妳打算怎麼處理方舟計畫？」

「這個嘛……如果我真的有在進行這樣的計畫，應該也不可能再繼續了吧。畢竟要維持這個計畫的進行，首先得進行病毒的改良，但我的技術比起真壁差得遠了，就算我想做也做不來……相對的，我也想請問教授一個問題。如果方舟計畫還在持續進行，教授打算怎麼因應？」

「答案很簡單，身為一位科學家，我自然會全力阻止這個計畫。」

桐島教授的眼睛散發出銳利的光芒。

「錯誤使用原子彈、毒氣和化學武器的時代已經結束。如今我們一定得變得聰明一點，而這也是我之所以會選擇介入這個事件的原因，因為教育是我這種老年人的工作。」

長瀨點點頭後，把手貼著自己的胸膛。

「那我就放心了。雖然我不曉得是否真有這種計畫，不過那些感染J型肝炎病毒的患者，就得拜託教授設法治療他們了。」

「沒問題，齋藤和飯倉的部分我會再另外找他們說明。接下來，我還有最後一個問題。」

「什麼問題？」

「雖然齋藤目前並沒有發病，但她日後還是有發病的可能，不過妳好像沒有想過要告訴她這件事，對嗎？」

「……就算我知道，我大概也不會告訴她吧！」

長瀨低著頭回答。

「這是因為妳得優先考慮隱瞞J型肝炎病毒的存在嗎？」

「優先順序的考慮倒還是其次，」長瀨笑了一下。「重要的是莉乃感染上是非常危險的病毒，而依據教授的假設，我應該是個很優秀的計畫操縱者。」

「沒錯。」

「這麼一來，答案已經很清楚了。我為什麼要去救一個該死的人。」

我察覺到桐島教授的目光似乎冒出了一絲火花，然而長瀨並沒有發現教授的心理變化，並且繼續往下說。

「改善人口比例這種事，我一點也不在乎，我只是想親近真壁……但他從頭到尾都沒有把我當成一個女性，最明顯的證據就是我並沒有遭到病毒的感染。」

桐島教授彷彿正在忍耐著頭痛似的搖搖頭。

「但妳也可以把這解釋成真壁很在乎妳，所以才沒有把病毒傳染給妳。」

長瀨有如被刺到痛處似的睜大雙眼後，又緊緊地閉上，並輕輕地嘆了口氣。

「我早就有了覺悟，只要是他想要完成的事情，我都會不惜一切地去替他完成。如果他真的很在乎我，我倒希望他可以讓我感染上那種病毒……對不起，我要回去工作了。」

桐島教授靜靜地看著長瀨走出會議室。

會議室重新回復寂靜後，我有如突然清醒似的喘了口氣。

「終於結束了。」

「就這麼放走長瀨嗎？」

「我們也不能拿她怎麼樣。」

「或許我們可以通知警方逮捕她……」

「沒有用，因為我們手上沒有足夠的證據，而她也不可能認罪。一開始就知道結果會是如此，所以才會提出這些假設。我提出或然率的目的，只是想要鞏固我的推理，並且揭開整個計畫的全貌以及表明我們的立場。因此，推理結束後，整件事也就結束了。長瀨也是個科學家，因此她應該不會再掀起更大的事件。不過，我還是得麻煩你以後幫忙監看她的行動。」

「好，我會注意這件事。」

「大概是太久沒有和人辯論了，所以感覺有點疲累。我想等到傍晚再開始實驗的工作，在這之前你也去休息一下吧。」

我心想，這樣的休息時間會不會太短了，但教授已經切斷了視訊。

我有如虛脫似的嘆了口氣後，關上投影機的電源。

會議室變得陰暗的瞬間，我看見一道從窗外穿進房裡的光線。

我走到窗邊，拉起百葉窗。

原本一直下個不停的雨，已經不知在何時停了下來，遠方的藍天浮現了一道巨大的彩虹。

後記

我不太清楚這之後發生的事，而且其中有一部分還是從黑須那裡聽來的。

至於是否真的存在方舟計畫，直到目前為止仍然沒有定論。沒有人否認，也沒有人公開這個計畫，因此也沒有警察前來學校調查病毒感染的事件。

最後，衛生疫學研究室從學校消失了，這似乎只是個很自然而然的結果，因為這個研究室裡已經沒有任何的職員和學生。

高本副教授因為扛起東條事件的責任，而辭掉了副教授的職務。他原本已經有了無法再度就職，以及得靠父母財產養老的心理準備，最後聽說他在桐島教授的推薦下，以約聘的身份進入富士中研工作。雖然高本副教授笑著抱怨：「原本以為可以開始悠哉悠哉地過日子，想不到還是得回去工作。」但我想可以再度從事研究工作，對他而言應該是一件很值得開心的事。總之，高本副教授出院後便賣掉了那棟洋房，很快就搬走了。

長瀬中止博士課程後，離開了東科大。但她並沒有停止研究的工作，而是以助手的身份前往高本副教授曾經任教的關西私大研究室工作，並計畫在那裡取得她的博士學位。

東條由於傷害事件而遭到退學的處分，這件事就沒有人幫得上忙了。不過，高本副教授應該會在他接下來的受審過程，以被害人的身份請求法官減輕刑責。

齋藤也離開了學校。這應該與高本副教授在她面前遭到東條刺傷所帶來的衝擊有關。不過聽黑須說，她有親戚在家鄉的科技公司工作，因此應該可以引薦她。

還有一件事是發生在我身邊的人。

那就是飯倉離開了。

他在五月上旬康復出院後，向學校申請休學前往北海道尋找齋藤。他的來信中寫到，他打算在明年重新報考當地的大學。

總而言之，這是一種純真的愛。那天，我前往病房探望飯倉時，他一臉害羞，卻又帶著點自豪地略微描述了他與齋藤共渡的那一夜。對齋藤而言，她或許只是把飯倉當成真壁的替身，但飯倉卻是把她視為此生唯一的愛人。

雖然我不曉得齋藤能否感受到飯倉的愛，但我真心希望他們兩人能夠擁有一個美好的未來。

事情發展至此，我入學以後隨即發生在我身旁的吸血鬼事件終於結束了。

五月下旬的一個星期一，校方臨時通知我們下午第三堂課停課，那堂課的教授似乎突然食物中毒。

我趁著這段時間的空檔，雙手叉著背後悠閒地走向運動場。

今天天氣很好，可以看見飄浮在廣闊天空上的金魚狀雲朵。最近始終維持著晴朗的天氣，或許上半年的雨已經在前陣子下完了，接下來的雨季也不會下了吧。

我沿著棒球場走了一段路後，前方出現一棟有如大型倉庫似的日式建築，正面的入口上方有一幅毛筆字的「武道館」招牌。

我從入口爬上階梯並偷偷地看了一眼後，發現裡面似乎正在進行劍道比賽。一群選手正發出奇怪的聲音，並舉起竹劍衝向對手。整個會場的氣氛帶給人很大的壓迫感，似乎不是一個可以讓人放鬆的場所。

我考慮著是否要轉身離開時，有人朝著我喊：「拓也！」我轉過頭後，發現久馬站在不遠處。我看著他身上的長袖T恤和牛仔褲，心想他手上的運動袋裡應該是裝著他的禪修服吧。

「你怎麼會來這裡？」

「我只是來這裡看看。」

「哦，如果你想來我們社團見習的話，我們隨時都很歡迎。不過，若你看到我們都只是坐著的話，大概會覺得很無聊吧！」

「這倒也是。」

我在水泥台階上坐下後，久馬靜靜地坐在我的左手邊。我把眼睛轉向右側，一道絢爛的夕陽穿過兩棟社團大樓映入我的眼簾。

「大師今天沒來嗎？」

「他要去參加聯誼，所以回家去換衣服了。」

「還是燕尾服嗎？」

「不是，他不穿燕尾服了。不過，他還是主張『穿著不能太隨便』，所以他這次應該會穿上西裝吧。搞不好他現在正在照鏡子呢！」

我想到這個情景，不禁笑了起來。

「哈，我覺得前景好像不太樂觀。」

「他頂著那顆光頭，還能打扮得多好？」久馬搖搖頭。「而且，他至少得先處理一下他那對眉毛。」久馬指著自己的眉毛。

「不過，穿西裝去聯誼應該會釁醒目的吧。搞不好會有女孩子喜歡他。」

「我看還是別指望了吧！」

我從地上撿起一顆小石頭，使勁擲向遠方。

「我最近開始覺得情投意合這種事，應該可以算是一種奇蹟吧。」

「怎麼了？你的想法什麼時候開始變得這麼像個女孩子？」

「我只是覺得這世上好像還是單戀的比較多。」

「看來，你似乎對人際關係做了不少調查。」

「還好啦。」

我沒有把吸血鬼事件的真相告訴久馬，不過他似乎察覺到了什麼，因此也沒有再追問這件事。

「醫學院的打工，你打算一直持續下去嗎？」

「我還不確定……不過，只要對方需要我的話，我應該就不會辭掉這份工作。」

我沒想到自己的想法竟然會這麼消極，因此當我說出這些話時，連我自己都感到有點訝異。會有這種想法，可能是這些日子以來，我盡是看見一些悲劇性的結局。經歷過這次事件以後，如今的我已經了解到人的力量終究有限。

這時，我心裡突然湧出一股衝動，想立刻讓桐島教授知道我的決心。

「不好意思，我要收回我剛才的話。我打算繼續留在醫學院打工，應該沒有辦法加入坐禪社了。」

清楚表達我的決心後，站了起來。

「要回去了嗎?難得來這裡,不順便體驗一下坐禪嗎?搞不好你會有一些新發現。」

「不了,我今天要早點去打工。」

「這樣啊……」久馬站起來,拍掉牛仔褲上的砂子。「有空的時候,還是可以來這裡看看。」

「嗯,幫我跟大師打聲招呼,下次我們再一起去喝酒吧。他真的是個很有趣的人。」

「我會替你轉達。另外,你也可以帶些你認識的女孩子過來這裡。我想,大師一定會很高興的。」

「聽起來好像蠻有趣的,下次我就去邀深見一起來好了。」

「讚,這麼一來我保證你一定可以目睹本世紀最精采的狼狽場景。」

「他要真那麼緊張的話,那可就麻煩了。好了,我先走了。」

我朝久馬揮手道別後,從武道館走向大學醫院。

地下實驗室裡,滿頭大汗的黑須正小心翼翼地替那盆橄欖樹打包。

「咦,你在做什麼?」

「哦,我有點擔心這株盆栽的狀況,我覺得它好像在對我說:『我要陽光!』所以,我打算把它搬回家,讓它在一個有日照的地方成長。而且,你不覺得最近的天氣蠻好的嗎?」

「是啊,你把它搬回去的話,它應該可以活久一點。」

「那我就把盆栽搬回家囉!你最近還好嗎?有沒有遇到什麼奇怪的事?」

「沒有……對了,前幾天齋藤已經把那根電擊棒寄給我了,我再找時間拿給你。」

「好,謝謝。因為工作上的關係,我結識了不少這方面的朋友。以後,你要找這種東西的話,隨時跟我說一聲。」

「說到這件事，教授那些東西也是你準備的吧？」

黑須露出驕傲的表情。

「這件事來得突然，所以根本來不及在事前進行演練，不過幸好整個過程還蠻順利的。即使教授的扮相還是有點不太對勁的地方，不過對方終究還是沒有看出這些細微的差異，畢竟教授可是諾貝爾獎的得主。」

「嗯，長瀨大概是因為教授的出現而一時間嚇傻了吧。」

「畢竟教授對於我們這種平常人來說，還是那種高高在上的人，長瀨絕對料想不到教授竟然對這整件事掌握得這麼清楚。話說回來了，你在這次事件中的表現也是十分地出色。」

「還好啦！」

我這麼回答絕不是自謙，而是我真的覺得自己的表現沒有那麼好。

「我只是突然被扯進這次的事件，而四處詢問了一些人而已。事實上，我也沒有查到什麼重要的情報。」

「什麼話！這次事件要不是有你的幫忙，長瀨就不會擔心事態曝露而採取行動，而我們也就無法獲得長瀨就是共犯的推理。」

「這種說法有點像是結果論。」

「就算是結果論也沒什麼不好，這件事只要出了一點差錯，就可能會死人。我們的行動讓這件事避免了最壞的結果，所以我們應該為此感到高興甚至得意。你想想，如果沒有你的介入，長瀨有可能在日後因為某種原因而再次啟動方舟計畫，搞不好二十年後世界上會突然出現一種高死亡率的病毒。從這個角度來看，你甚至可以算是拯救了這個世界的英雄呢！」

面對黑須的誇大言論，我苦笑了一下。

「這種說法太誇張了。」

「或許是吧，這種事只能依據每個人的自我認定，只要你能夠了解自己的價值，我也不用說那麼多了。」

黑須輕鬆地抱起盆栽，說：「我先走了，以後教授的事還得麻煩你多出點力。」

「沒問題，我一定會盡力。」

「有件事，我得跟你提一下，」黑須靠近我的耳邊。「姨祖母的內在雖然是個老婆婆，但她的外表卻是個可愛的美少女，而你畢竟是個非常健康的年輕人，所以……這只是一種假設啦！萬一，你沒有辦法壓抑自己的話，記得先打通電話給我。我可以幫你處理掉天花板上的監視器。接下來，就隨便你了。」

「你別開玩笑了，我怎麼會做這種事。這種說法實在太沒禮貌了。」

「我不是在教唆你去做這件事，我只是在告訴你要怎麼處理這種狀況。教授是富有好奇心的人，搞不好情況正好相反，也許她會對年輕男子的身體產生興趣，並對你說：『芝村，你想不想和我一起生個孩子？』」

「我們別再聊這種事了，好嗎？」

「我再提一點就好。你在搬運教授的物品時，應該有發現她的生理用品吧？也就是說，她連生育能力也年輕化了，因此照道理說，那方面應該也是……」

「停！」我急忙制止黑須。「你別把事情全想歪了！」

「你應該有想過這種事吧？你之前聽到我說教授有結過婚時，還露出了一臉失望的表情。」

「那是……」

這陣子由於一直在忙著處理吸血鬼的事，我始終沒有再想起這件事。如今黑須這麼一提，我的心情又開始浮躁了起來。

「經過這次的事件，你應該也已經了解到嫉妒是一種很醜陋的東西了吧。所以，你得用更寬大的心胸去接受教授。好了，我就不多說了。以後有事的話，你隨時都可以跟我聯絡。」

黑須說完後，一派輕鬆地走出辦公室。

我因為黑須的話而感到七上八下，但還是決定前往實驗室向教授表明我的決心。畢竟透過電話傳達還是會讓人感覺太沒有誠意，我想最好還是面對面告訴教授比較好。

我沖完澡並換上白袍後，走進實驗室。

時間是下午五點半，以往這個時候桐島教授通常還在工作，但我卻發現她不在實驗室裡。

想說，她會不會是去上廁所了，因此便在身旁的椅子坐下來等她。隨後，教授的房門突然打開。

我不經意地「啊」了一聲。

她的頭上頂著一頭蓬亂的銀髮，一臉明顯的皺紋更彷彿在宣告她所經歷的漫長歲月，但她那雙散發出雄心壯志的眼神卻完全不像個老年人。

桐島教授又回復成她在八十八歲時未發病前的樣貌。

「你來啦！」

「教授……」我皺著眉說。「妳在做什麼？」

「想不到還是瞞不過你。」

「當然，妳這種樣子看起來實在很不自然。」

「一旦近看的話，還是會被看出不對勁的地方吧。」教授小聲地說。

隨後，她剝下那張矽膠面具，露出光滑的肌膚。

「聽說這還是一流的面具師製作的。」

「我想問題應該是出在妳的聲音，聲音聽起來還是很年輕，所以感覺很奇怪。」

「也對，我忘了如果沒有設備輔助的話，就沒有辦法發出那種聲音。而且，如果要讓聲音變得低沉，還得要吸入氦氣才行。」

教授隨手把那張面具揉成一團，塞進自己的口袋。

那天和長瀨會面時，教授就是戴上了這張面具和這頂假髮。這些東西應該是為了在必要的時候，讓教授能以「桐島統子」的模樣出現。近看的話雖然可以看出破綻，但如果透過銀幕，在影像有點模糊的情況下，對方大概一時間也很難察覺吧。而且，黑須還刻意準備了可以轉換聲音的軟體，因此教授只要透過喇叭就可以發出如同老婆婆般的聲音。

「妳是不是和誰見面了，要不然為什麼要再次變裝？」

「嗯，我剛才和我的姪子和姪女說話。自從我有了這張面具以後，就想到我可以讓他們看看我，免得他們會謠傳我是不是已經去世了。後來，我就想試試你會不會也看不出來，想不到一下子就被你看穿了。」

我忍住笑意，看著教授一臉沮喪地揉著自己的肩膀。由於教授這種天真的惡作劇，原本盤據在我心頭那種忐忑不安的感覺轉眼間煙消雲散。

過去是過去，現在是現在，只要我可以和如今的桐島教授共享這個空間，未來還是很值得期待的吧。

「好了，不聊了。」桐島教授說完後，從牛仔褲口袋裡拿出綁頭髮的橡皮筋。「我終於把雜事都處理完了，接下來我要專心繼續我的研究工作了。」

「教授，在妳開始工作前，我有樣東西想拿給妳。」

「哦？」

桐島教授露出好奇的表情。我請她稍等一下，並前往傳遞箱把我放在裡頭的紙袋拿來。

「這個東西是要感謝妳幫忙解決這次的事件，只是我不確定妳會不會喜歡這個東西。」

教授接過紙袋後，往裡頭看了一眼。

「這是……」她表情慎重地拿出我放在紙袋裡的衣服。

這件衣服就是教授在購物網上瀏覽過的那件及膝連身長裙，白色連身裙上鑲有水藍色和粉紅色的玫瑰圖案，袖口和下擺縫著蕾絲，胸前還有摺邊的設計。女生穿上這種衣服，看起來就像個小公主一樣，因此又被稱為是「公主系連身裙」。

「你怎麼會想到要送我這種衣服？」

「我只是認為，教授也許可以偶爾試穿一下這種衣服。」我心想，說得太清楚反而會壞事，因此沒有說出我知道她曾經瀏覽過這種衣服。

教授拿著那件連身裙左看右看，似乎不敢相信這世上竟然真的有這種東西。

「教授想穿看嗎？」

「不了，」教授嘆了口氣。「我這種年紀實在不適合穿上這種衣服。」

「沒這種事！」我大聲地說。「我覺得這件衣服很適合妳！穿起來一定很好看！」

「這只是你個人的看法，不代表我適合穿上這種衣服。」

「這也是一種或然率，」我借用了教授的話。「我認為適合的機會比較大。」

教授猶豫了一下後，緩緩地脫掉白袍，並把那件連身裙套在自己的胸前。

「真的嗎？」

「我相信這件衣服一定很適合妳。」我用力點點頭。「而且，全日本大概找不到比妳更適合的人了。」

「你太誇張了……這種事難免涉及個人的主觀意見。不過，既然你這麼說，我就姑且相信你吧。」

教授嘆了口氣，撥開落在她肩膀上的頭髮。

「謝謝，我會好好愛惜這件衣服。」

我看見教授露出純潔的笑容時，我的心跳開始劇烈地跳動，甚至感到呼吸困難。

這時的我真想聞到那種水蜜桃牛奶的香氣，因此我抱著只要聞一下就好的想法下，朝著教授走近一步。

「我想拜託教授一件事。」

「什麼事？」

「我想幫忙教授做實驗。我指的是除了我目前手上的雜事之外，我希望可以幫忙做一些更像是實驗的工作。」

「哦，為什麼？」教授閃動著她那雙又圓又大的眼睛。

「……我想像教授一樣幫忙那些受到疾病折磨的人。這次事件的起因就是因為真壁的家人染上了疾病，所以才會導致悲劇性的結果。只要可以找出治療疾病的方法，就能夠幫助許多的家庭脫離這種不幸。雖然，現在的我根本沒有足夠的能力幫助他們，但我可以在教授的實驗工作上出一點力，就算是很簡單的工作也沒關係……」

「你有這個心就好了。」

教授突然緊握著我的手。

「有你幫忙的話，我的工作效率一定會提升，所以我很歡迎你的加入。」

「謝謝。」我害羞地低頭答謝。

教授伸手握著我的手時，我的內心瞬間湧出一種如同置身天堂般的幸福感，而我整個人也在那雙柔軟的手所傳來的溫暖下融化。

「教授……」我悄悄地掙開教授的手後，看著她說：「我想像教授一樣成為一位研究員。」

「喔——」教授側著頭想了一下。

「以你的年紀，只要肯努力學習，要當個研究員倒還不難。不過在這之前，你得先讓自己擁有其他方面的能力，包括對這個世界進行推理、證明以及創造的能力。」

我的腦中突然想到一個既誇張又有點不自量力的問題。

儘管知道現在的我問出這種問題會讓人感覺有點可笑，但我還是厚著臉皮向教授問了這個問題。

「只要我不斷努力的話，就有可能可以解決現在日本所面臨的問題嗎？」

「你是指你想像真壁一樣改變日本嗎？」

「不是，我想要找到一種比較溫和，而且可以得到大家認同的方法。」

「擁有遠大的志向是一件好事，」教授用力地點頭。「而且在你思考如何去實現的過程中，也會產生具有創造性的思想。」

「謝謝。我雖然不知道自己可以達到什麼程度，但我未來一定會努力朝這個方向前進。」

我已經有了一位十分優秀的指導者，但這並不代表我一定可以成為一位研究員。這就如同我雖然擁有超人的免疫力，卻不代表我一定擁有天才般的頭腦。

無論如何，自從桐島教授在八年前讓我了解到科學是什麼之後，我便一直懷抱著一個夢想，而如今的我更是一心一意想要完成這個夢想。

那就是——如同桐島教授一樣成為一位研究員。

此刻的我已經決心朝著自己的夢想前進。

桐島教授笑著拍了下手。

「這樣好了，我先教你實驗設備的使用方法吧！你去把紙筆拿來。」

我用力點頭後，幹勁十足地捲起袖子。

「好，我馬上去拿。」

全文完

＊各章開頭的英文節錄自一九〇一年版的美國標準譯版聖經（American Standard Version），而下方的對照文字則是作者的翻譯。
本書內容全為作者的創作，因此故事中的人物、團體和地點與現實生活毫無關係。

廣　告　回　函
板橋郵政管理局登記證
板橋廣字第143號

郵資已付　免貼郵票

野人

231
新北市新店區民權路108-2號9樓
野人文化股份有限公司　收

請沿線撕下對折寄回

野人

書名：美少女教授・桐島統子的事件研究錄
書號：ONJP0031

好野人部落格
http://yeren.pixnet.net/blog

野人文化粉絲專頁
http://www.facebook.com/yerenpublish

野人文化
讀者回函卡

書名：美少女教授．桐島統子的事件研究錄 書號：ONJP0031

姓　名　　　　　　　　□女　□男　生日

地　址

電　話　公　　　　宅　　　　手機

Email

學　歷　□國中（含以下）□高中職　□大專　□研究所以上

職　業　□生產／製造　□金融／商業　□傳播／廣告　□軍警／公務員
□教育／文化　□旅遊／運輸　□醫療／保健　□仲介／服務
□學生　□自由／家管　□其他

◆你從何處知道此書？
□書店　□書訊　□書評　□報紙　□廣播　□電視　□網路
□廣告DM　□親友介紹　□其他

◆你通常以何種方式購書？
□逛書店　□網路　□郵購　□劃撥　□信用卡傳真　□其他

◆你的閱讀習慣：
□百科　□生態　□文學　□藝術　□社會科學　□地理地圖
□民俗采風　□休閒生活　□圖鑑　□歷史　□建築　□傳記
□自然科學　□戲劇舞蹈　□宗教哲學　□其他

◆你對本書的評價：（請填代號，1. 非常滿意　2. 滿意　3. 尚可　4. 待改進）
書名＿＿＿封面設計＿＿＿版面編排＿＿＿印刷＿＿＿內容＿＿＿
整體評價＿＿＿

◆你對本書的建議：